Seigneur, ayez pitié de moi!

DU MÊME AUTEUR

Aux Éditions Albin Michel

Le Marquis de Bolibar
A la dérive

Aux Éditions Fayard

La Neige de Saint Pierre
Turlupin
La Nuit sous le pont de pierre
La Troisième Balle
Où roules-tu, petite pomme?

Aux Éditions Bourgois

Le Judas de Léonard
Le Tour du cadran
Le Cavalier suédois

Leo Perutz

Seigneur, ayez pitié de moi!

Traduit de l'allemand
par Ghislain Riccardi

Albin Michel

Édition originale allemande :

HERR ERBARME DICH MEINER

Traduction française :

ISBN 2-226-03267-3

« Seigneur, ayez pitié de moi! »

JADIS, dans la Russie de la guerre civile, alors qu'avec ses régiments blancs, le général Dénikine tenait le front entre Kiev et Kharkov, alors que l'amiral Koltchak menaçait Moscou par l'est, jadis, Dzerjinski dirigeait la Tchéka panrusse. Il y a longtemps qu'il est mort, et lorsqu'on parle de lui aujourd'hui à l'Ouest, on le traite d'homme sans cœur, de brute sanguinaire, de tueur froid et sans merci. Il est vrai qu'à l'époque, beaucoup de sang a coulé à Moscou. Jour après jour, on traînait des suspects dans l'immeuble de la Tchéka, et quelques jours plus tard, leurs cadavres étaient chargés sur des camions et enfouis Dieu sait où. Contre-révolutionnaires, émissaires étrangers, spéculateurs, saboteurs, officiers blancs, membres du parti socialiste-révolutionnaire, petits-bourgeois qui avaient enfreint la loi pour pouvoir joindre les deux bouts, grands et petits voleurs – tous connaissaient le même sort. On les alignait contre le mur, le canon glacé d'un revolver leur effleurait la nuque – un soupir, un cri ou un juron entre les dents serrées, et c'était terminé. Il y avait aussi beaucoup d'innocents parmi les victimes de la Tchéka. Mais que signifient ces mots : coupable, innocent? Chacun agit selon la loi que Dieu a déposée en lui. Chacun fait ce qu'il doit faire.

Prisonnière à Iekaterinbourg, la tsarine demanda un jour à l'un de ses gardiens, un officier rouge qui avait servi autrefois dans la garde impériale des uhlans : « Au nom du Christ, pourquoi faites-vous cela? Pourquoi êtes-vous devenu bolchevik? Vous, un ancien garde uhlan! »

Il se tenait au garde-à-vous devant elle, car pour lui elle restait la tsaritsa.

« Le service! répondit-il. Le service! C'est vous qui nous l'avez appris.

– Mais autrefois, vous serviez le tsar, et maintenant, vous servez ce Lénine!

– Le peuple, dit l'ancien garde uhlan en portant la main à sa casquette pour saluer, le peuple en a décidé ainsi, et il faut que sa volonté soit faite. »

Le service! Felix Edmoundovitch Dzerjinski, chef de la Tchéka panrusse, faisait son service, et rien que son service. Le peuple en avait décidé ainsi.

Ce n'était pas quelqu'un d'ordinaire. Il descendait de la petite noblesse polonaise, était venu en Russie de bonne heure, avait étudié et était devenu communiste. Il lisait les philosophes allemands Schelling et Schopenhauer, et les grands écrivains de tous les pays : Balzac, Hamsun, Tourgueniev et Dostoïevski. Il récitait les poèmes de Verlaine et de Baudelaire. Il jouait du violoncelle. Et, jour après jour, il signait d'une main calme deux douzaines de condamnations à mort.

Un jour, un consul suédois ou danois vint le voir et, au bout de la deuxième tasse de thé, il lui dit :

« Je ne vous comprends pas, Felix Edmoundovitch. Vous n'êtes tout de même pas un paysan venu à Moscou pour devenir communiste. Vous êtes un " Occidental ", un homme de culture. Pourquoi faut-il que ce soit vous justement qui fassiez cet horrible travail, pourquoi ne laissez-vous pas cela à quelqu'un d'autre? Vous pourriez faire de bien plus grandes choses. Par exemple dans l'organisation des transports...

– Eh bien, je vous dirai que j'ai déjà travaillé dans ce domaine aussi, répondit Dzerjinski. Vous savez, j'ai passé trois ans en prison, en cellule. A l'époque, je m'occupais des transports. Nous étions à quatre et nous avions un baquet. Il fallait vider ce baquet tous les jours pour pouvoir vivre et respirer. C'est moi qui le vidais, jour après jour. Eh bien, voyez-vous, ce travail à la Tchéka, c'est aussi une sorte de baquet. Ne vaut-il pas mieux que ce soit moi qui le fasse, plutôt qu'un quelconque paysan – c'est un communiste, certes, mais il n'en est pas moins resté ce paysan puant que nous haïssons tous. Peut-être qu'un jour viendra où nous n'aurons plus besoin de ce baquet, peut-être me sera-t-il donné de connaître ce jour... »

Tel était Dzerjinski. Cela fait longtemps qu'il est mort. C'est de lui que je veux parler aujourd'hui, et de cet autre homme qui a lutté pour sa vie pendant quatre heures de temps, jusqu'à ce que Dieu eût pitié de lui.

Vers la fin de l'année 1918, le parti des socialistes-révolutionnaires décida de se débarrasser de Lénine d'un coup de revolver. C'est une femme qui fut chargée de cette action, elle s'appelait Fania Kaplanova. Un soir, au moment où Lénine sortait d'une usine dans laquelle il venait de tenir un discours devant les ouvriers réunis, Fania Kaplanova s'avança vers lui. Il ne fit pas attention à elle, et pendant qu'il prenait congé d'un vieil ouvrier qu'il connaissait depuis longtemps, elle saisit le revolver dans son sac à main et tira. Elle tira à trois reprises, coup sur coup, et Lénine fut grièvement blessé.

Le gouvernement des Soviets répondit à cet attentat par la terreur rouge.

Pour commencer, ordre fut donné à tous les anciens officiers de l'armée tsariste de se présenter à la Tchéka. Les premiers à se rendre à cette injonction – c'étaient pour la plupart des personnages anodins, de paisibles citoyens s'étant résignés à la nouvelle ère – furent passés par les armes. Les autres, plus prudents, laissèrent s'écouler quelque temps avant de venir, on les garda plusieurs semaines dans les locaux de la Tchéka, puis on les laissa repartir.

Parmi ceux qui s'étaient présentés à la Tchéka dès le premier jour, il y avait un homme d'une quarantaine d'années, du nom de Sergueï Sergueïevitch Volochine. Pendant la guerre, ce Volochine avait été chef du service de décodage auprès du commandement militaire de Kiev. Après l'effondrement de l'armée, il s'était maintenu à flot en donnant des leçons de français et, accessoirement, en vendant des cigarettes qu'il roulait lui-même. Il se trouvait maintenant en compagnie de quatre ou cinq autres compagnons d'infortune dans l'une des caves de la Tchéka. Il y en avait deux qui se racontaient mutuellement leurs aventures de guerre, un qui ne cessait de se plaindre de maux de dents, un autre qui essayait d'engager une conversation sur la politique des puissances occidentales, et tous attendaient leur fin.

Or, ce jour-là justement, une dépêche radio chiffrée fut interceptée à Moscou. Le déchiffreur de la Tchéka avait en vain essayé de la décoder, il ne savait plus à quel saint se vouer, et le message se trouvait maintenant sur le bureau de Dzerjinski. C'était à n'en point douter un document de première importance. Peut-être contenait-il des instructions relatives à un acte de sabotage ou à l'expropriation par la force de l'un des bureaux des Soviets, peut-être l'ordre de perpétrer un attentat ou de tenter un soulèvement armé. Dans les capitales européennes, les émigrants s'employaient sans relâche à renverser le gouvernement des Soviets, et la nouvelle de la blessure de Lénine avait pu décupler leur allant.

Il fallait à tout prix déchiffrer ce télégramme. Mais

Dzerjinski ne disposait pas des anciens codes tsaristes, aussi fit-il venir son aide de camp, le camarade Aukskas, un Letton.

« Écoutez, camarade, dit-il, j'ai ici une dépêche chiffrée. Elle a probablement été émise de Varsovie à l'intention d'une société secrète contre-révolutionnaire. N'avons-nous personne parmi nos gens qui connaisse les codes de l'époque tsariste?

– Non, nous n'avons pas de spécialiste du décodage, répondit Aukskas. Peut-être le vieux Voïtinski, mais il n'est plus bon à rien, les deux mots qu'il est encore capable de balbutier sont " donne schnaps ", à part ça, on ne peut rien en tirer. – Mais, attendez, il y a ce Volochine, vous devez connaître son nom, il s'est présenté ce matin. C'est un véritable spécialiste, il lit les cryptogrammes comme moi la *Pravda.*

– Volochine, oui, ce nom ne m'est pas inconnu, dit Dzerjinski. Eh bien, qu'on aille le chercher! Et faites-moi apporter son dossier. »

Sergueï Sergueïevitch Volochine – stipulait le dossier –, quarante-deux ans, originaire du gouvernement de Saratov, ancien colonel. Soupçonné de sentiments contre-révolutionnaires, avoue avoir donné refuge chez lui à deux compagnons vivant dans l'illégalité, prétend que...

Il était déjà là. Un homme grand et sec, les joues creuses, les yeux rouges, mais autour de la bouche un trait marquant l'énergie, la détermination et la dureté. Dzerjinski jeta un coup d'œil sur ce visage, et sut aussitôt qu'il n'allait pas avoir la partie facile avec cet homme. Le camarade Aukskas s'approcha du bureau et prit le dossier.

« Vous voilà donc, dit Dzerjinski. Voulez-vous vous asseoir? Là, il y a une chaise, ou si vous préférez, là-bas sur le sofa. Ainsi, c'est vous le fameux Volochine? Je connais votre nom. J'ai votre dossier. Cela ne se présente pas bien pour vous. Vous avez donné refuge à deux officiers blancs. Saviez-vous que cela est illégal?

– Je le savais.

– Et vous connaissez les conséquences? Bon, enfin. Je vous ai fait venir pour vous voir. Je suis ainsi, je m'intéresse aux artistes, aux érudits, aux scientifiques de toutes disciplines, aux gens présentant des capacités particulières. Bien, je vous ai vu. Camarade Aukskas, prenez le dossier! »

Il fit une brève pause, puis brusquement, il s'adressa de nouveau à Volochine.

« Pourquoi ne voulez-vous pas travailler pour nous, à vrai dire? »

Volochine secoua violemment la tête, ce fut sa réponse.

« Broussilov est avec nous, vous le savez, continua Dzerjinski. Le général Rousski est avec nous, le général Gourko...

– Il se peut qu'ils soient avec vous, dit Volochine. Quant à moi, je ne travaillerai pas pour vous.

– Je ne vous comprends pas, fit Dzerjinski. L'ancien commandant de la place de Moscou est avec nous. Le chef de l'école de cavalerie de Tver est avec nous. Il y a officiers et officiers. »

Volochine haussa les épaules et ne répondit rien. Mais les traits autour de sa bouche se firent encore plus durs, encore plus déterminés.

« Je veux que vous compreniez de quoi il retourne, peut-être est-il bon que je vous cite les paroles de Boudgenny, continua Dzerjinski. Vous connaissez Boudgenny, n'est-ce pas? Autrefois, il était brigadier, aujourd'hui, chez nous, il est commandant de division. Il y a trois semaines, dans le Sud, il a fait prisonnier son ancien chef de régiment, un colonel... je ne sais pas comment s'appelait ce colonel. Il s'est présenté à Boudgenny : Colonel Untel, commandant du 15e Régiment de dragons.

– “ Quoi! s'est écrié Boudgenny. Qui êtes-vous? Le commandant du 15ᵉ Régiment de dragons? Je connais le commandant de ce régiment, il est ici, avec moi – le 15ᵉ Régiment de dragons est ici, avec moi. Et vous, où étiez-vous? De l'autre côté. Là-bas, ce n'est pas la Russie. ” »

Dzerjinski garda le silence un instant.

Puis il répéta : « “ Là-bas, ce n'est pas la Russie. ” C'est ici, avec nous, que se trouve la Russie. C'est nous – oui nous – qui défendons la terre russe. Et maintenant, je vous demande d'y réfléchir, je vous pose la question encore une fois : voulez-vous travailler pour nous?

– Non, dit Volochine.

– Alors vous tomberez dans la fosse, tout entier, s'écria Dzerjinski, et dix mille mulets ne pourront pas vous en tirer.

– Eh bien, je serai fusillé », dit Volochine.

Dzerjinski se pencha sur son bureau.

« Bien. Notre entretien est terminé. Vous pouvez disposer. »

Volochine se leva et suivit le camarade Aukskas. Il se dirigea vers la porte, s'arrêta et se retourna.

« J'ai une femme et un enfant, dit-il, et j'aimerais leur dire adieu. »

Dzerjinski leva les yeux.

« Ainsi, vous êtes un de ces sentimentaux, fit-il. Peut-être est-il préférable de ne pas faire vos adieux, peut-être vaut-il mieux qu'elle l'apprenne plus tard. Mais comme vous voudrez. Vous pouvez les faire venir, votre femme et votre enfant.

– Je ne peux pas les faire venir, répondit Volochine. Ils ne sont pas ici, ils sont à Rostov-sur-le-Don, et là-bas, il y a des blancs.

– Eh bien, vous ne ferez pas vos adieux, voilà tout, dit Dzerjinski. Que puis-je y faire! Pour vos beaux yeux, le commandant en chef ne va quand même pas donner l'ordre de prendre Rostov à tout prix, aujourd'hui même. »

Volochine restait là, sans bouger. Au bout de quelques instants d'hésitation, il dit :

« J'aimerais y aller, à Rostov. Puis je reviendrai me présenter ici. »

Dzerjinski tira une bouffée de sa cigarette, souffla la fumée et dévisagea l'homme.

« Ainsi, vous voulez aller à Rostov, dit-il. Admettons que je vous y autorise. Combien de temps vous faut-il pour faire ce voyage?

– Camarade, vous n'allez quand même pas le laisser partir pour Rostov! s'écria Aukskas qui tenait toujours le dossier dans ses mains. Il ne reviendra jamais. Il va rester chez les blancs, il va travailler pour eux.

– Camarade, je connais l'officier russe mieux que vous, dit Dzerjinski. Regardez cet homme, regardez ce visage. Vous pouvez en être sûr, il reviendra. »

Il se tourna vers Volochine.

« Alors, combien de temps vous faut-il pour faire ce voyage?

– Deux jours pour y aller, deux jours pour revenir. Et j'aimerais y rester un jour, ou peut-être seulement une heure.

– Cinq jours donc. Vous recevrez un laissez-passer et un bon de transport jusqu'à Koursk, nos trains ne vont pas plus loin. C'est à vous de voir comment vous allez traverser les lignes. Et dans cinq jours, présentez-vous ici. »

Volochine fit un geste, comme s'il avait voulu lui tendre la main. Mais Dzerjinski était penché sur son bureau, et ne faisait plus attention à lui.

A l'extérieur, Volochine reçut son laissez-passer. Et Aukskas lui dit :

« Vous viendrez vous présenter à moi dans cinq jours,

et si je ne suis pas là, au camarade Chtolechnikov. Si cela n'avait tenu qu'à moi, je ne vous aurais jamais donné cette autorisation. »

Puis il le laissa partir.

Cet ancien colonel Volochine voulait mourir. La vie lui était devenue un fardeau. Jour après jour, cette même douleur, ancrée dans sa poitrine; la nuit, il ne pouvait pas trouver le sommeil. C'était quelqu'un de dur, dur avec lui-même, dur avec les autres. Ce n'est que lorsqu'il pensait à elle qu'il se sentait petit et faible. Il s'était passé du temps depuis qu'il avait appris la nouvelle, dix mois, presque un an. Rien n'avait changé. Il ne pouvait toujours pas s'empêcher de penser à elle, il y avait toujours cette douleur lancinante dans sa poitrine, cette douleur qui ne voulait pas cesser.

Il avait dix-huit ans de plus que sa femme. Elle s'appelait Iéléna Petrovna. Elle était si gaie, si jeune et insouciante, elle traversait la vie comme si c'eût été une verte prairie. Un jour qu'elle était malade, qu'elle souffrait et avait de la fièvre, elle s'était mise à fredonner sur une mélodie quelconque : « Que faire, que faire, oui que doit-on faire? » Combien cela faisait-il de temps qu'elle lui avait dit : « Sériocha, je suis si heureuse de t'avoir. J'ai besoin de toi. Qu'est-ce que je ferais, si je ne t'avais pas! » Et maintenant, elle vit avec le marchand de bois Lébédiev – que faire, que faire, oui que doit-on faire?

Rien! on se tait. On ne parle à personne de ce qui s'est passé. On doit en venir à bout tout seul.

Mais cela n'est pas possible. C'est trop difficile. On ne peut pas respirer quand on y pense.

C'est par un employé de l'usine de tabac de Rostov, venu pour quelques jours à Moscou, qu'il l'avait appris. Tout d'abord, il n'avait pas pu y croire. Puis – il avait dix-huit ans de plus qu'elle, et ce Lébédiev était jeune, cela expliquait tout. Il lui avait écrit quatre fois, il avait envoyé les lettres de Constantinople et de Bucarest. Il n'y avait jamais eu de reproches dans ces lettres, de la douleur seulement. Il n'avait jamais reçu de réponse. Elle ne voulait pas qu'on lui rappelle qu'il était encore là, qu'il vivait. Et pourtant, un jour, elle lui avait dit : « J'ai besoin de toi, Sériocha. Qu'est-ce que je ferais, si je ne t'avais pas! »

Des mots! Et ils n'avaient été valables que pour cette seule journée-là. Et maintenant, peut-être qu'elle disait à ce Lébédiev : « J'ai besoin de toi, je suis si heureuse de t'avoir. »

Un jour, il avait rencontré un capitaine de la compagnie des bateaux à vapeur de Rostov. Il avait commencé par parler de choses et d'autres avec lui, puis il lui avait demandé des nouvelles d'Iéléna, comme ça, en passant, comme s'il se fût agi d'une étrangère, il n'avait pas dit au capitaine qu'il était son époux. « J'ai entendu dire qu'elle vit maintenant avec le marchand de bois Lébédiev. – Oui, avec le marchand de bois Lébédiev. Je ne la connais pas, mais les gens le disent, cela a fait jaser. »

Un jour qu'il se trouvait à un coin de rue, en train de vendre des cigarettes, une jeune femme traversa la chaussée, se dirigea vers lui – cheveux d'un blond vénitien, yeux bruns, visage mince, un petit sac se balançait à sa main, et ces jambes élancées, qui allaient leur chemin avec tant d'aisance, comme si elles étaient douées d'une volonté propre – sa vue se brouilla, il ne pouvait plus respirer, il dut s'appuyer contre le mur de la maison.

« Combien coûtent ces cigarettes? »

Une voix, un visage qu'il ne connaissait pas. Et qu'aurait bien pu faire Iéléna à Moscou! Elle ne quitte pas Rostov. Soir après soir, ce Lébédiev vient la rejoindre – « Ah! mon aimé, qu'est-ce que je ferais, si je ne t'avais pas! »

Jours gris, jours de désolation, jours qui n'en finissent pas. Peut-être que demain il y aura une lettre. Encore quatorze heures, et chaque minute passe avec une telle lenteur. Puis la nuit. Parfois, l'alcool aidait, parfois un somnifère, un médicament, mais toujours l'espace de quelques heures seulement. Lorsqu'il se réveillait, il faisait encore nuit. Il n'avait pas de montre. Il restait allongé, et fumait cigarette sur cigarette. Un jour, dans le jardin d'une auberge, un petit chien noir tout ébouriffé était venu vers elle, elle l'avait pris dans ses bras, elle aimait tous les animaux. « Ah! mon diablotin tout noir, gentil petit épouvantail, horrible petit kobold! Dis-moi, tu m'aimes bien? Mais il faut m'aimer, entends-tu? Veux-tu un morceau de sucre? Non? Tu n'en veux pas? Mais prends-le donc, prends-le donc! »

Ne pas penser à elle, oublier le son de sa voix! Rester allongé et faire des ronds de fumée. Une heure, encore une heure. Dehors, la rue grondait, il devait être huit heures. Il ne vint point de lettre, et un nouveau jour de désolation commença.

Il avait souvent pensé à aller à Rostov. Se présenter devant elle – non, point de reproches. « Dites-moi une seule chose, Iéléna : êtes-vous heureuse, l'aimez-vous vraiment? Et maintenant une question seulement, et je m'en vais : comment cela en est-il arrivé là? Dites-le-moi! »

Il n'avait pu rassembler l'argent du voyage. Il lui était arrivé de ne pas manger pendant trois semaines, il s'était privé de tout, avait économisé l'argent. Cela aurait suffi pour la moitié du voyage. Qu'est-ce que cela faisait? Dieu l'aiderait pour le reste.

Mais, lorsque, à l'époque, Volochine se trouva dans la gare de Koursk, la fierté s'éveilla en lui. A quoi bon ce voyage? Lorsque je me trouverai devant elle et que je lui demanderai : « Iéléna, comment cela en est-il arrivé là? », que dira-t-elle? Elle rira, elle fredonnera : « Je n'en sais rien, je n'en sais rien, c'est ainsi, voilà tout. »

Mais maintenant, les choses étaient différentes. Il était un homme mort, il venait pour faire ses adieux. « Me voici, Iéléna, oui, me voici vraiment. N'aie pas peur, je ne te dérangerai plus. Je retourne à Moscou, je suis sur la liste, une balle m'attend. Laisse-moi voir l'enfant! Pauvre petite Nina, sois grande et belle, sois heureuse. Et maintenant, Iéléna, adieu! »

Adieu. Que ce mot lui faisait du bien! Son cœur en devenait plus léger... Adieu... tout ce long voyage, et le retour à la Tchéka... je dois me présenter à vous, camarade, je m'appelle Sergueï Sergueïevitch Volochine, et je suis sur la liste... puis le cachot, puis la mort... ce petit mot... adieu!... l'emportait sur tout cela... Ses muscles se raidissaient. Il était à nouveau le soldat, l'officier... adieu!... dit-il tout haut, pour lui tout seul... adieu!

Le train roulait lentement, s'arrêtait à chaque gare, même dans les plus petites. A Serpoukhov, un médecin de campagne monta dans le compartiment, il essaya de tuer le temps pour lui et pour les autres en racontant des histoires.

« Alors, il y a ce Kalinine, président de l'exécutif, un vrai paysan à la longue barbe, à part qu'il fait le signe de la croix devant son Marx, et non devant les images des saints. Il s'entend à parler aux paysans, c'est vrai. Dans cette région, il est chez lui. Un jour, il est venu dans son village, il voulait montrer à ses compères ce qu'il était advenu de lui dans cette lointaine ville de Moscou. Auparavant, il s'était fait faire un costume en drap anglais, mais il avait fait doubler le pantalon avec de l'ouate, il s'était dit que ce serait quand même dommage que le pantalon s'abîmât, qu'on le veuille ou non, il est bel et bien resté un paysan. “ Ah! te voilà petit père Kalinitch! s'écrièrent les paysans, tu as quand même fini par venir nous voir. " – Son nom est Kalinine, mais les paysans l'appellent Kalinitch, en signe d'affection. – " Et t'en as, une belle veste, te voilà déjà mis comme un conseiller d'État. – Qu'est-ce que vous croyez qu'il a coûté, cet habit? dit Kalinine. – Trois boisseaux de blé? Ça faisait bien trente roubles avant la guerre. Il a coûté cent roubles! " Les paysans le regardaient et en étaient tout ébahis. Cent roubles! " Et quand bien même il aurait coûté mille roubles, c'est moi le grand chef de village de toutes les Russies, ou ce n'est pas moi? s'écria Kalinine. Si chaque village russe ne donnait ne serait-ce qu'un kopeck, l'habit serait payé, même s'il coûtait deux mille roubles. " »

Volochine n'écoutait que d'une oreille. Il était ailleurs, dans ses pensées. Il avait oublié d'acheter un cadeau pour l'enfant. J'aurais quand même dû lui apporter une petite poupée, ou au moins un morceau de pain d'épice, maintenant, j'arrive les mains vides. Que faire, que faire, que doit-on faire? Là-bas, à Kharkov, je trouverai quelque chose, peut-être un ours en bois, qui frappe sur une enclume avec un marteau, quand on tire sur la ficelle, cela fera plaisir à la petite Nina.

Le train s'arrêta brusquement en rase campagne. Les passagers ouvrirent les fenêtres et regardèrent dehors.

« Que s'est-il passé? Pourquoi le train s'est-il arrêté? »

Le mécanicien se tenait à côté de sa locomotive, se frottait les mains et chantait pour lui tout seul :

« Une belle journée, une belle petite journée, le soleil brille, il ferait bon aller se promener dans la forêt. »

Les gens descendirent de voiture, entourèrent le conducteur et se mirent à crier :

« Qu'est-ce que cela veut dire? – Il a perdu la tête. – Va-t-on rester ici jusqu'au printemps? – Je dois aller à Ielets. – Et moi à Orel. – Moi à Kourakovo.

– Oui, vous, dit le mécanicien. Vous êtes assis dans vos tiplouchki, dans vos wagons chauffés, vous ne vous en faites pas, vous buvez du thé. Et moi? Où est-ce que je suis, moi? Si le train doit continuer de rouler, il faut le graisser. »

On fit une collecte, on rassembla trente et un roubles. Le mécanicien prit l'argent, puis il alla dans la forêt avec le chauffeur et les deux contrôleurs pour ramasser du bois. Quelques passagers se joignirent à eux. Les femmes étaient assises sur le remblai, elles suivaient des yeux les nuages blancs qui passaient dans le ciel, et elles mangeaient des graines de tournesol. Les enfants s'ébattaient dans les prés.

Une demi-heure plus tard, le train redémarra.

Volochine traversa la zone de combats déguisé en paysan. Il n'y avait pas de front statique, ni chez les rouges, ni chez les blancs. Il fit des détours, évita les villages où les troupes avaient pris leurs quartiers. Il lui arriva de tomber sous un tir de shrapnels des rouges, dans un pré marécageux. A la gare de Koupiansk, un nœud ferroviaire d'où partaient les trains des blancs vers le bassin du Donets, vers Taganrog et Rostov, il se trouva à deux pas d'un ancien camarade de régiment. Celui-ci le regarda et il ne le reconnut pas.

Au matin du troisième jour, il arriva à Rostov.

La maison, une petite bâtisse d'un étage, se trouvait à la périphérie de la ville. Au loin, on pouvait voir la forêt et le fleuve. De la rue, dissimulé derrière un acacia, Volochine observa avec une attention anxieuse la fenêtre et la porte fermée. En bas, à droite de l'escalier, il y avait la cuisine, à gauche le garde-manger et la salle de séjour. En haut, derrière la fenêtre à barreaux qui donnait sur le jardin, dormait la petite Nina.

Il était sept heures du matin, rien ne bougeait. Il lui

fallait attendre que ce Lébédiev quittât la maison, ce n'est qu'après son départ, qu'il voulait aller frapper à la porte.

Une paysanne vint, et sonna, elle apportait le lait. Un peu plus tard, ce fut le tour d'un homme avec des légumes frais et de la salade. Après qu'il fut parti, il y eut un grand silence qui dura longtemps, seuls les oiseaux gazouillaient dans le verger. Puis la porte s'ouvrit – non, ce ne fut pas un homme mais une vieille servante qui sortit dans la rue, un sac à provisions à la main. Son regard indifférent frôla Volochine qui, appuyé contre le tronc de l'acacia, allumait sa pipe. La servante continua son chemin, en direction de la ville. Du temps s'était écoulé, il devait déjà bientôt être presque huit heures et demie. Ce Lébédiev ne sortait toujours pas, il devait sans doute être encore au lit et attendait son thé. – « Bonjour, ma petite âme, as-tu bien dormi, ma petite colombe? » – Quelque part dans la ville, il a son bureau, avec téléphone et fauteuils club. Sur sa table, il y a des lettres et les gens attendent à l'extérieur, le téléphone ne cesse de sonner. – « Non, Monsieur Lébédiev n'est pas encore dans son bureau, il n'a pas d'heure. Voulez-vous peut-être rappeler plus tard? »

« Vania! Vania! Mais où es-tu? Pourquoi ne viens-tu pas quand je t'appelle! Vas-tu venir enfin! Que fais-tu? »

C'était la voix d'Iéléna, elle venait du jardin. D'un bond, Volochine franchit la haie. Il ne prit pas le chemin semé de gravier, il passa à travers les buissons en suivant la voix.

« Vania! Vania! Viens donc enfin! Pourquoi te caches-tu? »

Mais avec qui parle-t-elle? Il ne s'appelle pas Ivan, ce Lébédiev, il s'appelle... comment s'appelle-t-il, Aleteï. Peut-être un domestique, son chauffeur peut-être. C'est que quelqu'un comme lui ne met pas un pied devant l'autre, il se déplace toujours en voiture...

« Vania! Ainsi, tu es vraiment parti! Eh bien, grand bien te fasse : tu crois peut-être que j'ai du chagrin. Ah! alors là, tu te trompes, oui vraiment, tu te trompes... »

Ce fredonnement était tout proche, encore deux pas et ils se retrouvèrent face à face.

Iéléna Petrovna recula, effrayée, lorsqu'elle aperçut l'homme dans le jardin, un homme dans des habits de paysan.

« Qui êtes-vous? Que voulez-vous? »

« Qu'elle est pâle! » remarqua Volochine, et il s'étonna de pouvoir penser clairement et calmement en cet instant. Il voulut dire : C'est moi, Sériocha, sans qui vous ne pouviez pas vivre, mais cela fut impossible, il ne parvint pas à faire sortir un seul son de sa gorge.

« Si c'est vous qui apportez les poulets, allez dans la cuisine, vous n'avez rien à faire ici, rien du tout, dit Iéléna en se rapprochant d'un pas.

– Ainsi vous ne me reconnaissez pas », dit-il à voix basse.

Elle le dévisagea, puis leva les bras au ciel.

« Sériocha!

– Oui, c'est moi, Sériocha, c'est vraiment moi, murmura Volochine.

– Sériocha! Toi, enfin! Et tu es là, dans le jardin... Quand es-tu arrivé? Mais je le savais, je le savais! Viens donc, viens, que restes-tu là? »

Un miracle venait de se produire. Elle s'était jetée à son cou et l'avait embrassé.

« Sériocha, dit-elle en reprenant son souffle. Tu crois sans doute – une surprise, mais je le savais, vraiment, je le savais. Hier, elle s'est coupée au doigt avec le couteau de cuisine, la vieille, la servante, et elle a pleuré pendant une heure – quel air tu as, on dirait un vrai paysan – tout d'abord donc, les pleurs et les lamentations, puis elle a dit : " Cela nous annonce une grande joie ou une surprise! " Et il y a trois jours, j'ai fait un rêve – mais qu'est-ce que tu es maigre, mon pauvre! Ces joues creuses – je ne t'ai pas reconnu. Mais maintenant, tu vas manger, tu vas passer de bonnes journées. On dit – mais parle donc, parle, ô laisse-moi t'embrasser! – Les gens disent qu'à Moscou, il n'y a ni lait ni beurre, ni œufs, ici on trouve tout cela, dans tous les magasins. Mais tu as toujours méprisé la bonne vie, le peu de confort que tu avais était déjà trop pour toi. – Je savais que tu étais à Moscou. Le vieux Koroliov t'a aperçu sur le pont des Forges, il y a six semaines de cela – tu marchais si vite, il n'a pas pu te rattraper, tu sais bien qu'il boite depuis qu'il... Mais au moins je savais que tu étais en vie, et que je pouvais rire.

– Oui, je suis en vie, ou peut-être que je ne vis pas », dit Volochine, et il ferma les yeux. « Pourquoi n'as-tu pas répondu à mes lettres?

– A tes lettres? Je n'ai jamais reçu une seule lettre de toi, pas la moindre ligne depuis un an. Et où est-ce que j'aurais bien pu t'écrire? je ne savais même pas... Mais pourquoi est-ce que tu me regardes comme cela, tu me rends toute triste. »

Elle se frappa la joue avec deux doigts.

« Pouah! qu'est-ce que tu es en train de dire là, Iéléna, tu devrais avoir honte, demande tout de suite pardon, se dit-elle à elle-même. Comment pourrais-je être triste, Sériocha, maintenant que tu es là. Cher, ne sois pas fâché! Tu es fatigué – un long voyage, peut-être une semaine – tu vas dormir, mon pauvre. Et maintenant, ris donc enfin, sois content, ne fais pas cette tête! Moi aussi, j'ai toujours été si seule. Mais je sais que ça a été encore plus dur pour toi. Moi, au moins, j'ai l'enfant, et maintenant Lisa est là aussi, et puis j'ai l'écureuil, un écureuil apprivoisé, il s'appelle Vania, il vient quand je l'appelle. Et pourtant, je suis toute seule.

– Et ce Lébédiev? demanda Volochine d'une voix dure.

– Ainsi, tu sais cela aussi? Il venait tous les jours, il buvait du thé et mangeait du pain d'épice, et il disait toujours avec une drôle de voix : " Iéléna Petrovna, je vous aime, vous le savez, je n'aimerai jamais une autre femme. Et si vous ne devenez pas mienne, je me tirerai une balle dans la tête, ou je me mettrai à boire, je deviendrai ivrogne. Voilà comment je finirai. " Puis Lisa est venue, et il est tombé amoureux d'elle sur-le-champ. Il n'est pas devenu ivrogne, et il ne s'est pas non plus tiré une balle dans la tête. Ils se sont mariés au printemps.

– Qui? cria Volochine. Je ne comprends pas. Qui est-ce qui s'est marié? De qui parles-tu?

– Lébédiev a épousé ma sœur Lisa. Je pensais que tu le savais.

– Je suis fatigué, dit-il. J'ai la tête à l'envers. Je voudrais m'asseoir, reprendre un peu mes esprits.

– Et moi, je suis là et je cause et je cause! Bien sûr que tu es fatigué. Viens! L'enfant est peut-être déjà réveillée. »

Douze heures passent si vite. Le soir, il se retrouva à la gare avec Iéléna.

Il n'avait pas dit à sa femme ce qui l'attendait, il gardait tout cela enfermé au fond de lui. Tout ce qu'elle savait, c'est que des affaires le rappelaient à Moscou, des affaires urgentes, qu'il n'avait pas le droit de négliger. Il lui avait promis qu'il serait de retour auprès d'elle dans deux mois, et elle le croyait.

Ce n'est qu'à sa gaieté exagérée qu'elle aurait pu remarquer qu'il lui cachait un lourd secret. Mais elle ne remarqua rien. Et tandis qu'elle lui tenait la main, elle dit :

« Tu ne vas pas me voir pendant deux mois, Sériocha,

pendant deux mois, et tu fais des plaisanteries. C'est convenable, ça? Tu vas me faire tout de suite un visage triste! Allez, allez, sois triste, montre ton chagrin! Voilà, oui, c'est ça. Et maintenant, pleure un petit peu! »

Au soir du cinquième jour, il était de retour à Moscou. Comme il ne rencontra pas le camarade Aukskas à la Tchéka, il se fit conduire auprès de Chtolechnikov.

« Je suis le colonel Volochine, dit-il. J'ai été arrêté, mais j'ai obtenu du chef de la Tchéka en personne l'autorisation de régler mes affaires privées dans un délai fixé. Voilà qui est fait. Je vous prie de l'informer de mon retour. »

Chtolechnikov griffonna quelque chose sur un morceau de papier qu'il glissa négligemment dans une pile d'autres papiers.

« N'oubliez pas, je vous prie, d'en rendre compte, dit Volochine. C'était un ordre exprès...

– Vous n'avez pas à vous en occuper, l'interrompit Chtolechnikov sur un ton d'impatience. Ça arrivera, même sans cela. Vous allez attendre qu'on vous appelle. »

Puis Volochine fut conduit dans une pièce où se trouvaient rassemblés toutes sortes de malfaiteurs. Voleurs à la tire, souteneurs, cambrioleurs, un homme qui avait falsifié des cartes d'alimentation, et un chauffeur qui s'était enivré à l'essence et avait menacé les passants.

Deux jours plus tard, Aukskas entra dans le bureau de Dzerjinski. Son regard tomba sur le message chiffré qui dépassait d'une pile de papiers. Il se mit à rire.

« Peut-être que je suis quand même meilleur psychologue, camarade Président, dit-il. Ce Volochine n'est pas revenu, naturellement, il ne s'est pas présenté à moi. »

Et dans son mauvais russe, il ajouta :

« Il trouve peut-être qu'à Rostov, l'air et l'eau sont bons pour sa santé. »

Dzerjinski leva les yeux.

« Aujourd'hui... Cela fait combien de temps? Cela fait sept jours. L'homme est revenu. Il s'est présenté à vous, et vous l'avez oublié. »

Aukskas réfléchit.

« Peut-être qu'il s'est présenté à Chtolechnikov, mais pas à moi en tout cas, fit-il. Chtolechnikov est de service à Toula depuis hier midi. Mais il est vraisemblable que ce...

– L'homme est revenu! s'écria Dzerjinski. Il est revenu! Je connais mes gens. Il se peut qu'il ait été touché par une balle en cours de route, une balle tirée par les nôtres ou par les blancs. Mais s'il vit encore, il est là. Faites-le rechercher! »

On trouva Volochine en train de faire une partie de Dourak, une sorte de Nain jaune, avec les deux voleurs à la tire et le chauffeur.

Quelques minutes plus tard, il se trouvait face à Dzerjinski.

« Êtes-vous arrivé en retard? demanda le chef de la Tchéka de toutes les Russies sans lever les yeux de son bureau.

– Non. Je ne suis pas arrivé en retard, répondit Volochine. Je suis même arrivé avant le délai prévu.

– Depuis quand êtes-vous là?

– Depuis jeudi soir.

– A qui vous êtes-vous présenté?

– Au camarade Chtolechnikov. Et je lui ai dit que votre ordre exprès était de...

– Bien. Je parlerai plus tard avec Chtolechnikov, l'interrompit Dzerjinski. Vous avez fait vos adieux à votre femme et à votre enfant?

– J'ai fait mes adieux. »

Dzerjinski l'effleura du regard, puis lui demanda :

« Eh bien? Vous n'avez rien d'autre à me dire?

– Je n'ai rien d'autre à dire, rétorqua Volochine à voix basse.

– Ainsi donc, vous n'avez pas changé d'avis. Vous ne voulez en aucun cas travailler pour nous.

– Je le voudrais bien, dit Volochine. Mais maintenant, c'est vous qui n'allez pas vouloir de moi. »

Les yeux mi-clos, Dzerjinski le dévisagea pendant une bonne minute d'un air scrutateur.

« C'est exact, dit-il alors. Nous n'allons pas pouvoir vous utiliser. Vous avez été chez les blancs, et on vous y a appris à saboter le travail chez nous, et peut-être pire encore. »

Il se tut et attendit que l'autre le contredît et repoussât l'accusation. Mais Volochine ne dit pas un mot.

« Comment vont votre femme et votre petit enfant? demanda Dzerjinski.

– Je vous remercie, ils vont bien », répondit Volochine, puis ce fut à nouveau le silence.

Dzerjinski jeta le reste de sa cigarette.

« J'aurais bien envie de faire quand même un essai avec vous, même maintenant, dit-il. J'ai déjà dit que je m'intéressais aux personnes douées de compétences particulières – j'ai cette faiblesse. On verra bien si je peux encore me permettre de vous faire travailler chez nous. Voilà une dépêche chiffrée. Combien de temps vous faut-il pour la décoder? »

C'est à ces mots seulement, à cet instant, que Volochine comprit qu'il était sauvé. Une dépêche à déchiffrer, rien de plus! Il va pouvoir continuer à vivre, retrouver Iéléna et Nina, peut-être pas dans deux mois, mais quand le temps sera venu. Ou il les fera venir à Moscou, sa femme et son enfant. Il sentit une joie violente monter en lui, mais il se força à rester calme, personne ne devait remarquer combien il tenait à sa vie maintenant.

« Combien de temps? C'est très variable, dit-il. Cela

dépend si l'on a affaire à un cryptogramme unique ou à des systèmes combinés. Nous avions environ une vingtaine de clés de cryptogrammes, il faut que je les essaie les unes après les autres, pour voir quelle est la bonne. En plus, il n'y a que cinq lignes, cela rend la chose un peu plus difficile. Mais jusqu'à présent, je n'ai jamais eu besoin de plus de quatre heures.

– Quatre heures! Cela me semble beaucoup, fit Dzerjinski. Mais soit, je vous donne quatre heures. Il est deux heures. Si vous réussissez à déchiffrer la dépêche avant six heures, vous pourrez travailler pour nous. Et sinon – vous savez ce qui vous attend. Le bras de la loi s'abattra sur vous. Et notez bien ceci : je ne ferai pas d'autre essai que celui-ci. On va vous assigner un bureau. Êtes-vous habitué à fumer en travaillant? »

La pièce dans laquelle il travaillait était reliée aux deux pièces voisines par des portes vitrées. Une table oblongue avec du papier et de quoi écrire. Au mur, il y avait un tableau représentant un combat sur les barricades pendant la Commune de Paris – drapeaux rouges, fumée de poudre, charge d'infanterie, et au premier plan, un jeune travailleur qui s'effondre, touché par une balle. Par terre, négligemment jeté, un écriteau blanc en carton-pâte avec cette inscription : « G. K. Nirod. Consultation pour les visiteurs seulement entre dix et douze heures. » Dans un coin, sur une petite table, il y avait une vieille et belle pendule Empire – elle avait dû être réquisitionnée dans l'une des maisons voisines, ou elle datait peut-être du temps où l'immeuble de la Tchéka était occupé par une compagnie d'assurances.

Encore une bouffée de cigarette, et au travail. Il avait le sentiment certain qu'on avait utilisé ici une seule clé et non une combinaison de plusieurs cryptogrammes. Dans cette série de lettres apparemment dénuée de sens, quelque chose lui disait qu'il en était ainsi, et dans ce domaine, il ne se trompait jamais. Le premier essai à tâtons : une clé quelconque souvent utilisée, « La grande Armée du Don ». « L'intuition est une bonne chose, mais le travail méthodique n'en demeure pas moins ce qu'il y a de mieux », avait l'habitude de dire son maître, le vieux général Charvenko. Où est-il maintenant, le général Charvenko? Il vit à Paris, c'est peut-être lui en personne qui a envoyé ce message, et il ne se doute pas que c'est moi qui vais le déchiffrer. J'ai suffisamment de temps, il ne s'est écoulé que vingt minutes et deux clés sont déjà exclues, définitivement exclues. « La grande Armée du Don » et « Saint Michel archange ». Une belle pendule ancienne. « Saint Michel archange », non, ça c'est réglé. « L'Église du Christ Rédempteur ». – Dzerjinski a une pendule argentée ordinaire sur son bureau. « Comment vont votre femme et le petit enfant? » Il dit toujours « petit enfant », comment sait-il que Nina est encore si petite, qu'elle a à peine cinq ans? Intuition, il a ce don! Mais il n'en demeure pas moins que le mieux – non, cette clé n'est pas la bonne. Essayons voir avec « Moscou, ville de pierre, ville blanche ». Ou alors, se pourrait-il que ce soit une combinaison? Non! Souvent, ça réussit au bout du troisième ou quatrième essai. La chance – bien sûr, c'est aussi un peu une question de chance. Et parfois la psychologie peut aider aussi : lorsqu'on connaît l'expéditeur et le destinataire, on peut deviner de quelle clé de chiffre ils sont convenus entre eux. Mais le principal : la concentration, une pensée claire et méthodique. J'ai peu dormi ces derniers jours. Se reposer. Se reposer pendant une minute. Il y a encore assez de temps.

Quand est-ce que j'étais sur le pont des Forges? Qu'est-ce que j'avais à y faire? Koroliov m'a-t-il vraiment vu? Je n'ai jamais été sur le pont des Forges. Peut-être qu'il n'a dit cela à Iéléna que pour la tranquilliser. Elle s'est fait du mauvais sang pour moi, la pauvre, alors il a voulu – mais il boite, c'est vrai. Un jour, en hiver, alors qu'il traînait une poutre avec ses commis, c'est là que sur le verglas...

Mais pourquoi faut-il que maintenant, justement maintenant, je n'arrête pas de penser au vieux Koroliov? Je n'étais pas sur le pont des Forges, il a seulement voulu lui faire une joie, bien! Et maintenant, au travail...

Il est quatre heures moins le quart. Volochine a essayé onze clés différentes, et maintenant il en est à la douzième. De l'autre côté de la porte vitrée, il y a des gens, ils savent, dans toute la maison on sait, que dans cette pièce un homme est en train de se battre désespérément pour sauver sa vie. Pleins de curiosité, ils regardent la plume voltiger sur le papier, et le papier, froissé en boule, voltiger dans un coin – ils pressent leurs visages contre les vitres, leurs nez sont tout écrasés. L'un d'entre eux ressemble à un Chinois.

Il est quatre heures et quart. Plus de la moitié du temps est déjà passée. Pourquoi ont-ils mis cette pendule ici?! Une torture diabolique, je ne peux m'empêcher de regarder l'heure constamment. Ils veulent que je perde le contrôle de mes nerfs. Non! Cela ne se produira pas. Du calme, surtout du calme et du sang-froid!

Une autre clé : « Potemkine, Prince de Tauride. » Elle échoue, celle-ci non plus n'est pas la bonne. Ce Potemkine a toujours été un fieffé menteur, il ne valait rien. « Le lac Baïkal, infini comme la mer. » C'est déjà la quatorzième clé que j'essaie. Je suis peut-être né un quatorze. Le Chinois est encore là, il me fixe du regard derrière la vitre. Cela veut dire que l'un des bourreaux de la Tchéka est un Chinois. Il paraît qu'il ne fait pas ça pour de l'argent, mais par plaisir, il ne garde que les vêtements des suppliciés. C'est moi qu'il attend? Ah! Satan aux yeux bridés, la tunique que je porte ne t'appartient pas encore, je vis, mon temps n'est pas encore écoulé. Et peut-être qu'il n'est pas du tout ce bourreau chinois, il ressemble plutôt à un Kalmouk.

Au travail! Profiter de chaque minute. – « Un peuple, un empire, un Dieu. » Mais c'est une clé de chiffre de l'Armée allemande, pas une russe. A l'époque, à Kiev, pour l'avoir trouvée, j'ai reçu le grade de colonel. Ils m'ont retiré les épaulettes. C'est le passé. A quoi bon y penser! Maintenant, une nouvelle clé, une forte clé. « Le Dieu tout-puissant des Russies orthodoxes. » Mais où est ce Dieu, où est-il, où puis-je le trouver? Peut-être que ceux qui le cherchent ne peuvent lui parler qu'entre dix et douze...

Quelles sont ces idées de fou! Ce ne sont pas les miennes, un autre que moi les a pensées. Le diable est assis sous la table, il est noir, il tire-bouchonne sa queue et en soufflant, fait entrer ses pensées dans ma tête. Ils ont fait asseoir le diable sous ma table, ils veulent ma perte. Vous n'y réussirez pas. Je suis vivant, je me bats. Iéléna a besoin de moi. Elle me l'a encore répété : « Tu es si bon envers moi, Sériocha, qu'est-ce que je ferais si tu n'existais pas. » Et s'ils me fusillent, qu'est-ce qu'elle fera? Est-ce qu'elle me pleurera, est-ce qu'elle portera mon deuil? « Tu crois peut-être que j'ai du chagrin... Ah! là tu te trompes, là tu te trompes... »

C'est fou! Elle m'aime, elle n'aime que moi, et aucun autre. Il faut que je travaille, c'est pour elle que je travaille. Mais il y a quelque chose dans ma tête, quelque chose qui s'est agrippé à mon cerveau et qui m'empêche de penser. Dans deux minutes, il sera cinq heures et demie. Ces deux minutes – si je ferme les yeux, rassemble mes pensées, seulement l'espace de deux minutes...

Les yeux lui tombent de sommeil. Et le cauchemar ne se fait pas attendre, il se voit en train de courir ventre à terre, la dépêche à la main, et la mort est à ses trousses, la mort est à califourchon sur une vieille haridelle et fait claquer son fouet, elle ressemble à un Cosaque – « Cours, frérot, cours, dans peu de temps, tu seras à moi! – Non! Tu ne m'auras pas, je me défends, je me bats! »

Il se réveille en sursaut. Six heures moins vingt-cinq. Il doit se défendre, il doit se battre. Mais la main qui tient la plume tremble, il ne peut pas écrire. As-tu essayé toutes les clés? Il n'en manque pas une? « Notre-Dame-de-Kazan. » « Règne, ô Tsar, terreur des ennemis. » « Le portail de la Trinité. » « Kiev, mère de toutes les villes. » Et maintenant? Essayer encore une fois, recommencer depuis le début? Si seulement il me reste du temps.

Et le Chinois là-bas – il montre les dents, roule les yeux – voilà qu'il dit : « Viens! Déshabille-toi, ce serait dommage pour la tunique. Elle a coûté trente roubles? Et même si elle en a coûté cent, ou mille – maintenant elle est à moi. Et même si elle a coûté deux mille roubles – suis-je le grand bourreau de toutes les Russies, ou ne le suis-je pas? Allez, donne-moi ta tunique! Et mets-toi contre le mur. Ton temps est écoulé. » – Non! Tu mens! Mon heure n'est pas encore venue. Il reste...

Volochine soupire, des gouttes de sueur froide perlent à son front. Il reste encore dix minutes jusqu'à six heures.

Trop tard. Qu'est-ce que je pourrais faire en dix minutes! C'est fini. On va l'abattre. – Non! Il veut vivre, il DOIT vivre!

Son regard tombe sur le tableau accroché au mur, il voit l'homme qui, touché par la balle, s'effondre la main pressée sur son cœur.

Non! Il ne faut pas! Volochine bondit de sa chaise, lève les bras au ciel et crie, c'est un cri de désespoir et d'angoisse face à la mort, il adresse au Dieu Tout-Puissant de la Russie orthodoxe, il crie si fort qu'on peut l'entendre à travers les portes fermées :

« Gospodi pomilouï! »

C'est alors que quelque chose d'étrange se produit. Il s'arrête net, porte la main à son front et respire à fond. « Gospodi pomilouï! Seigneur, ayez pitié de moi! » Mais, c'est... oui, c'est l'une des clés de chiffres tsaristes, et il n'avait pas pensé à celle-là. Gospodi pomilouï... – il tremble de la tête aux pieds, mais ce n'est pas l'angoisse de la mort. Car en cet instant, il sait – il ne peut en être autrement –, il sait avec certitude que c'est là la bonne clé, celle qu'il a cherchée si longtemps, et c'est Dieu qui la lui a donnée.

Il n'y a plus grand-chose à raconter. Volochine va vers la table, la main qui tient la plume ne tremble plus. Les lettres changent de forme, elles se groupent pour former des syllabes, un mot lui saute aux yeux – « pont », « pont de chemin de fer » – mais il savait déjà, avant même de saisir la plume, qu'il était sauvé.

Deux minutes plus tard, il sonne et dit au fonctionnaire qui entre :

« Conduisez-moi, je vous prie, au camarade Dzerjinski. »

Dzerjinski est mort d'une crise cardiaque quelques années plus tard. Vers la fin de sa vie, il s'est effectivement occupé de la réorganisation des transports.

Mais ce Volochine vit encore aujourd'hui, il travaille dans un commissariat du peuple à Moscou. Là-bas, il y a longtemps que l'on a oublié son véritable nom. Le commissaire du peuple et ses assistants et les diplomates accrédités et les représentants de la presse étrangère qui y ont leurs entrées, les fonctionnaires et la femme qui leur apporte le thé, et la femme qui fait le ménage, et le portier en bas, dans sa loge – ils disent tous quand ils le voient : « C'est le camarade " Seigneur, ayez pitié de moi ". »

C'est ainsi qu'il s'appelle. C'est son nom. Et parfois,

je pense que tous les hommes de cette terre, les orgueilleux et les opprimés, ceux qui sont solidement enracinés dans la vie, les indigents et les faibles, les irréprochables et les pécheurs, les juges et les condamnés – je pense que nous tous, qui vivons et luttons, pourrions porter ce nom.

Mardi 12 octobre 1916

Le caporal de réserve Georg Pichler, deuxième comptable d'une maison de confection de la Zelinkagasse dans le civil, fut blessé et fait prisonnier par les Russes en tant qu'officier de garde en octobre 1916. Il avait été touché à la jambe et à l'épaule. Plusieurs mois durant, il était resté à Tiflis, dans un petit hôpital de campagne qui, dans le temps, avait été un « Han », une auberge pour les marchands de passage.

Sa situation n'était pas mauvaise. Seul le changement de ses pansements provoquait en lui un sentiment d'appréhension et de malaise. Et quand il se retrouvait dans son lit, il éprouvait un sentiment de bien-être à la pensée qu'il allait de nouveau avoir deux jours de tranquillité, quarante-huit heures sans être dérangé. L'idée que pendant que lui, Georg Pichler, pouvait s'étirer à son aise sous sa chaude couverture, son ancien supérieur, le sergent-chef Votrubec, grelottant, sans tabac, le ventre vide, était en train de faire les cent pas dans la boue d'une tranchée gorgée d'eau de pluie, avec la perspective de recevoir une balle dans le ventre – cette idée le réconciliait tout à fait avec son sort.

Au début, il était apathique et ne montrait aucun intérêt pour ce qui l'entourait. Il se réjouissait dans sa vie retrouvée, se réjouissait d'avoir échappé pour toujours à la guerre. Le temps s'écoulait on ne peut mieux en attendant la distribution des rations. A midi, il y avait de la soupe aux choux ou de la bouillie de sarrasin, appelée « kacha », et le soir du thé. Et le dimanche, quand il recevait une portion de fromage de tête, cet événement suprenant lui donnait matière à réflexion pendant de nombreux jours.

Ce n'est que vers le début de la septième semaine de son séjour à l'hôpital que l'ennui commença à se faire sentir. Il se mit à étudier les visages de ses compagnons de chambrée. Ils se ressemblaient tous de manière irritante. Il s'efforça – sans le moindre succès – d'engager la conversation avec son garde-malade, un vieux Tartare renfrogné qui traînait la jambe droite en marchant. Il réprima l'animosité qu'il ressentait à l'égard de son voisin de lit qui, avec ses quintes de toux interminables, le réveillait toutes les nuits, il lui pardonna telle ou telle mauvaise habitude et essaya de se faire comprendre de lui. Il lui parlait comme on parle à un enfant : lentement, avec beaucoup de patience, et en utilisant des expressions curieusement simplifiées. La tentative échoua. Georg Pichler ne parlait pas un mot de russe, et en plus son voisin ne connaissait probablement que le tartare.

Tous les matins, les deux médecins venaient faire leur visite. L'un d'entre eux, le plus âgé, comprenait le français. Georg Pichler consacra plusieurs heures de l'après-midi à préparer des expressions en français. Et lorsque le matin, il fit quelques remarques dans la langue de Racine sur la durée probable de la guerre et sur sa propre personne, le médecin lui adressa un signe amical de la tête, lui tapota l'épaule gauche, celle qui était valide, et passa au lit suivant. Il n'avait pas compris un mot.

Mais finalement, se servant de quelques verbes et substantifs latins qu'il avait gardés en mémoire du temps de ses petites classes au lycée, Georg Pichler parvint quand même à faire comprendre au médecin qu'il souhaitait avoir de la lecture. Le lendemain matin, il reçut une grammaire polonaise, le premier tome d'un roman hongrois en piteux état à force d'avoir été lu et une bible albanaise.

Le monde extérieur lui étant inaccessible, Georg Pichler se retira complètement en lui-même. Il inventa toutes sortes de méthodes pour raccourcir le temps qui s'étirait interminablement entre le moment où il se réveillait et celui où il s'endormait. Il démonta les rouages de sa montre et les remonta, et répéta cette opération jusqu'à ce qu'on la lui volât. Il étudia sa liste de sous-officier du train, établit une statistique des prénoms de ses anciens subordonnés, et constata que le nom Anton revenait sept fois, le nom Johann cinq fois et les noms Franz et Heinrich trois fois chacun sur sa liste. Il fit un pari avec lui-même au sujet du nombre de syllabes et de lettres composant les poèmes dont il se souvenait encore du temps de ses années d'école. « Le château de Niedek se trouve en Alsace » se composait de 241 syllabes et 1 172 lettres. « Dieu vous bénisse, vieillard, est-ce que la pipe est bonne? » comptait presque autant de lettres que « Placidus, un grand capitaine au cœur noble ». Alors même qu'il était en train de décomposer le « Frédéric Ier, Barberousse le Preux », se produisit un événement inattendu qui devait, une fois pour toutes, mettre un terme au passe-temps auquel il s'était consacré jusque-là.

Un nouveau convoi de prisonniers de guerre légèrement blessés arriva qui devait repartir le jour même pour une autre destination. Une heure durant, Pichler les entendit aller et venir dans les couloirs. Il n'aperçut aucun d'entre eux. Mais le lendemain matin, le médecin jeta un journal sur le lit de Pichler. C'était un journal de Vienne, il portait la date du 12 octobre 1916.

L'espace d'une seconde, le caporal Pichler en eut la respiration coupée d'excitation et de joie. Soudain, il n'arrivait pas à comprendre comment il avait pu faire pour survivre durant tant de semaines sans son journal quotidien. Fort de sa décision de procéder avec parcimonie, d'économiser la profusion de sensations que le journal devait contenir, et de n'en lire qu'une demi-colonne chaque matin, il résista un instant. Mais la chair est faible : il lut le journal en une demi-heure, il le lut d'une seule traite, de la première ligne aux petites annonces.

Après avoir terminé sa lecture, il jeta le journal par terre sans y prêter attention. Il avait rempli sa fonction, lui avait permis de tuer le temps pendant une demi-heure, il ne servait plus à rien.

Une heure plus tard, l'ennui le poussa à ramasser le journal. Il s'était contenté – se dit-il – de le lire hâtivement, avait parcouru nombre d'articles en diagonale, avait à peine jeté un coup d'œil à la rubrique boursière et à la partie politico-économique. Il lut le journal une deuxième fois avec application et découvrit dans la chronique locale et la rubrique théâtrale des détails qui lui avaient échappé.

Le lendemain matin, il se réveilla avec le pressentiment certain que le médecin allait déposer sur son lit le numéro suivant, l'édition du 13 octobre 1916. Cette fois, il prit la résolution de répartir méthodiquement l'ensemble de sa lecture sur toute la journée. Le matin la partie politique, l'après-midi la rubrique judiciaire.

Le médecin vint et n'apporta pas de journal. Il tapota l'épaule du patient et passa au lit suivant.

Georg Pichler lut le journal du 12 octobre pour la troisième fois. Cette fois-ci, il lut aussi les petites annonces, la mercuriale et les communiqués officiels.

Lorsqu'une semaine plus tard, il lut le journal pour la septième fois, la physionomie du temps éternellement changeante s'était figée en un masque impassible. Sans cesse, les mêmes choses se produisaient dans le monde entier. Soir après soir, on donnait à l'Opéra *L'Arlequin électricien* et au Burg *Don Carlos.* Inlassablement, le juge de district, le Dr Bendiener, condamnait le commerçant Emanuel Grünberg à six semaines de contrainte par corps et six cents couronnes d'amende pour hausse illicite des prix. La rentière Ludmilla Stangl se retrouvait entièrement prise sous le dispositif de protection du tram et subissait jour après jour de nouvelles et douloureuses contusions dans la région de la hanche droite. Une loi implacable poussait le jeune Karl Fiala, vingt ans, portefaix de marché sans emploi, à se rendre tous les soirs dans la boutique du brocanteur Moritz Wassermann où, jour après jour, il assenait au commerçant un violent coup sur la tête à l'aide d'une pince-monseigneur. Pour la dix-septième fois, on dérobait à l'infortunée Mme Melitta Neuhäusel, épouse d'industriel, demeurant Rathausstraße 4, une broche de diamants d'une valeur de quarante mille couronnes. Tous les jours vers trois heures, telle une vision fantomatique, apparaissait devant le portail du cimetière central le cortège funèbre qui ne cessait de conduire à sa dernière demeure la dépouille mortelle du conseiller impérial Emil Kronfeld, décédé des suites d'une brève maladie. A chaque séance du conseil municipal, le conseiller municipal, le Dr Adolf Lichtvoll, tenait imperturbablement le même discours, et à chaque fois, son collègue, le conseiller municipal Wowerka, l'interrompait par cette remarque : « Mais surtout, n'attentez pas à vos jours! »

Dès que Georg Pichler prenait le vieux journal, usé à force d'avoir été lu et relu, il ne se trouvait plus dans cet hôpital militaire de Tiflis, mais chez lui, à Vienne. Au bout de la quarantième lecture du journal, il connaissait l'éditorial par cœur, du premier au dernier mot. Une lettre du « Courrier des lecteurs » avait transformé sa vision du monde du tout au tout et fait de lui un ardent prosélyte de l'incinération. Il brûlait d'essayer enfin la pommade contre les engelures « Agathol », et était dans un état de tension permanente à force de se demander s'il allait enfin se trouver quelqu'un pour reprendre la licence du brevet d'invention n° 96 137 « goujons à billes pour boîte d'embrayage », et jour et nuit il se creusait la tête pour deviner qui avait bien pu, par espièglerie ou méchanceté, tirer la balle ayant fait voler en éclats le grand miroir du café Nizza situé sur l'Althanplatz.

Il connaissait désormais les endroits où l'on pouvait se procurer à meilleur marché tout ce dont on avait besoin pour vivre. Il savait où l'on pouvait se procurer à bon prix des chèvres à lait et des chèvres de boucherie, des timbres-poste à l'unité et des collections entières, des sous-vêtements en tricot de soie, de la limonade, du carton bitumé, toutes sortes de tôles minces, des renards argentés, des bicyclettes à roue libre, du sel gris pour le bétail, des lustres de laiton et des bouteilles isolantes. Dès qu'il fermait les yeux, il voyait de longues colonnes de gens qui se rendaient tous chez M. Goldammer, Kleine Sperlgasse 8, pour y vendre leurs vieux pantalons, vêtements, chaussures, voiles de soie, uniformes, articles de fourrure et tout ce dont ils n'avaient plus besoin à des « prix étonnamment élevés ».

Au printemps 1918, Georg Pichler fut renvoyé dans son pays dans le cadre d'un échange d'invalides. A cette époque, il avait lu le journal du matin du mardi 12 octobre 1916 deux cent soixante-dix fois.

Ce jour-là – le 12 octobre 1916 – avait pris possession de lui. Ce jour-là était doué d'une vie éternelle, il avait englouti tous les autres jours, il n'y avait plus que lui. Ce qui s'était passé ce jour-là était gravé pour toujours dans la mémoire de Georg Pichler. Le temps s'était arrêté ce mardi 12 octobre 1916.

Lorsque, sortant de la gare, Georg Pichler s'engagea

dans la Wiener Straße – sa vieille mère et son frère cadet étaient venus le chercher –, il aperçut un grand chien aux poils hérissés qui traînait devant la porte d'un débit de boissons. Il déclara aussitôt qu'il s'agissait de toute évidence du chien de Mme Thérèse Endlicher, un bouledogue qui s'était égaré et répondait au nom de Riki, on était prié de le rapporter à l'adresse suivante : « Ungargasse 23, 3e arrondissement », contre une forte récompense. Il essaya de s'approcher du chien en lui parlant gentiment. Le chien gronda, montra les dents et menaça le mollet droit de Georg Pichler.

Ils prirent le tram. Le frère porta le sac à dos et proposa à Georg des cigarettes égyptiennes. La mère lui demanda de parler un peu de la Russie. Georg Pichler répondit qu'il ne connaissait rien au sujet de la Russie qui valût la peine d'être raconté. En cours de route, son regard tomba sur l'enseigne d'un coiffeur.

« Friedrich Huschak, coiffeur, lut-il. J'aimerais bien savoir si ce Huschak est un parent du professeur Huschak qui, le 12 octobre 1916, a donné une conférence sur la structure microscopique du poumon humain dans la grande salle de l'Institut d'anatomie. »

Le soir, Georg Pichler se rendit dans la brasserie Otto Remisch, Mariahilfer Gürtel 18. Il alla vers le patron et lui tendit la main.

« Toutes mes félicitations! bien qu'avec un peu de retard. »

Le patron tira sur son bout de cigare et dévisagea Georg Pichler d'un air ahuri.

« Toutes mes félicitations pour le vingt-cinquième anniversaire de la maison, répéta Pichler.

– Ah! bon, fit le patron. Mais ça fait longtemps que c'est passé. Et moi, vous savez, j'voulais pas qu'on en parle dans les journaux. Mais M. le Docteur qui vient prendre sa bière pression tous les soirs – il est assis à la table là-bas, mes respects, monsieur le Docteur, mes respects! – n'a pas voulu en démordre.

– Et, à propos, comment il s'est terminé, le procès de la société d'exploitation forestière? » demanda Pichler.

Le patron expliqua qu'il n'avait jamais engagé de procès.

« Je veux dire le procès intéressant que la société d'exploitation forestière a intenté au Trésor public. »

Le patron répondit qu'il n'était pas du tout au courant de ce procès.

Dans l'esprit de Georg Pichler, les personnes qu'il connaissait à partir du journal du 12 octobre étaient inséparablement liées les unes aux autres. Chacune d'entre elles était au courant des faits et gestes de toutes les autres. Le juge de district, Dr Bendiener, tremblait avec Mme Thérèse Endlicher au sujet du bouledogue Riki que celle-ci avait perdu. Profondément bouleversé, le professeur Huschak se trouvait dans le cortège funèbre du conseiller municipal Kronfeld, décédé après une courte maladie.

« Le procès, Pichler fit-il savoir au patron, eut lieu le 12 octobre 1916, le jour du vingt-cinquième anniversaire de votre établissement. Vous devez forcément être au courant. »

Le patron le regarda d'un air méfiant, fit un signe au garçon, haussa les épaules et disparut derrière le comptoir.

Le lendemain matin, Georg Pichler lut le journal. Cela l'ennuya. Il y trouva des événements qui le déroutaient et des noms de personnes qui ne signifiaient rien pour lui.

« C'est curieux, dit-il à son frère, que les journaux contiennent si peu de choses intéressantes depuis quelque temps. On les lit, et une heure après, on ne sait plus ce qu'on a lu. »

La naissance de l'Antéchrist

Vers l'an 1742, à Palerme, non loin du quartier du port, habitait un savetier qui n'était pas né dans cette ville, mais s'y était installé, et ses voisins l'appelaient le « Génois », du fait de sa prononciation étrangère et aussi de son fort appétit, car, comme l'on dit, un Génois mange pour trois Siciliens.

Dans cette grande ville qui, si elle n'était habitée par le peuple le plus paresseux et le plus futile du monde, pourrait véritablement être appelée un paradis – à Palerme donc, ce « Génois » se faisait remarquer de tous par son zèle et sa vivacité, et la rue des Vetturini, où il habitait, était pleine de louanges à son sujet. Car en plus de son métier de savetier qu'il exerçait avec plus d'habileté que personne, il faisait également commerce de clochettes pour portes, de pinces métalliques, de targettes, de serrures et de tous les ustensiles dont on a besoin pour pêcher. Il louait aussi ses deux mulets aux marchands étrangers désirant transporter leurs denrées de la douane aux entrepôts, et en plus de tout cela, il trouvait encore le temps d'aller tous les jours à la messe. Et il allait lui-même faire ses achats sur le marché, il n'avait ni servante ni commis, et de bon matin, avant même l'ouverture de son échoppe, on pouvait le voir devant les étals des bouchers où il venait acheter sa livre de viande de veau et, pendant le carême, un muge ou un labre bien gras.

Or, à cette époque, tout comme aujourd'hui, les curés des environs de la ville étaient de pauvres gens qui ne tiraient que de maigres ressources de leurs prébendes, si bien qu'ils étaient obligés, vaille que vaille, d'arrondir leurs casuels. C'est ainsi qu'une fois par semaine, l'un d'entre eux, le curé de Montelepre, envoyait sa gouvernante en ville, au marché, avec un panier plein d'œufs et de petits fromages. Car ce que ses paysans lui donnaient pour les baptêmes et les messes des morts, pour les cierges et pour le fait qu'il tenait aussi le rôle de bedeau, suffisait à peine pour les pois secs de sa soupe.

Le savetier rencontrait donc souvent sur le marché cette servante de curé qui n'était au demeurant ni jeune ni belle, mais ils ne se parlaient jamais. Après l'avoir vue pour la quatrième ou cinquième fois, il rentra chez lui et vendit son manteau qu'il avait porté vingt mois durant, et le tailleur dut prendre incontinent ses mesures pour lui en confectionner un nouveau. Il resta plusieurs jours chez lui et mangea du pain, du fromage et des olives, car il ne voulait plus avoir l'air d'une brute face à la gouvernante du curé.

Mais dès qu'il eut son nouveau manteau, il retourna au marché et devant les étals des bouchers, et au bout de quelques jours, il rencontra celle qu'il cherchait. Cette fois-ci, elle avait apporté deux poulets de grain et un petit pot de miel dont elle devait tirer deux écus. Car son maître, le curé, avait besoin de cette somme pour s'acheter un nouveau bréviaire.

Elle aussi s'était coquettement attifée. Elle portait de nouveaux souliers et une coiffe blanche, et des boucles d'oreilles en argent serties de petites pierres bleues et blanches. Le savetier remarqua les colifichets du premier coup d'œil, et il ne douta pas un instant que c'était uniquement pour lui qu'elle s'en était parée. Cependant, il ne l'aborda pas sur-le-champ, mais se tint dans ses parages, le dos courbé, sans la quitter des yeux. Des gens vinrent qui tâtèrent les poulets, les soupesèrent, goûtèrent le miel, en firent l'éloge ou le déprécièrent, chipotèrent sur les prix, et reprirent leur chemin. Le savetier attendait patiemment. Il se trouva enfin un acheteur pour le miel et les poulets de grain et, à peine le marché conclu, le savetier s'approcha de la gouvernante et entama une conversation :

« Il va pleuvoir, dit-il. Le ciel est tout noir. C'est bon pour le blé, et pour les betteraves, et pour les figues ce n'est pas mauvais non plus. »

La gouvernante rougit et lissa son tablier.

« C'est surtout bon pour le vin, dit-elle.

– Pour le vin aussi, c'est vrai, confirma le savetier. Il a été cher l'année dernière. J'en bois deux chopines par jour, mais pas à l'auberge, vu que je ne suis ni luron ni joueur. Je reste à la maison et ma fortune s'accroît. »

Il se tut et regarda ses grosses mains, abîmées par la poix, et sur lesquelles le ligneul avait laissé des sillons et des raies.

« On peut aisément accroître sa fortune, lança la servante du curé, quand on a une femme chez soi qui sait tenir sa maison et vous seconde en toute chose.

– On trouve rarement de telles femmes, dit le savetier. Je suis célibataire. Je connais peu de jeunes filles dans cette ville, et celles que je connais ont déjà toutes un bien-aimé. »

Elle n'avait point de bien-aimé. Le savetier apprit qu'elle était la gouvernante de monsieur le curé de Montelepre. Il ne connaissait pas ce village.

« Il se trouve tout en haut, dans la montagne, l'informa-t-elle. Il est à cinq heures de marche d'ici. Chez nous, il y a beaucoup de chèvres, et les paysans font un très bon fromage, les petits fromages de mars de Montelepre. Ils sont connus dans tout le pays, on les trouve dans tous les villages et les villes jusqu'à Trapani. Ils viennent tous de Montelepre. »

Et, au bout de quelque temps, lorsque les premières gouttes de pluie vidant la place du marché commencèrent à tomber lourdement, tous deux en étaient déjà à fixer le jour de leurs noces. Car chez les gens de leur condition, ce genre de choses se règle rapidement.

C'est ainsi que le savetier obtint la femme qu'il voulait, et pendant un temps, tout alla bien et ils vécurent tous deux en harmonie et en paix. Dans les premières semaines de leur mariage, la femme retourna encore maintes fois à Montelepre pour aller vendre les produits de son ancien maître sur le marché de Palerme. Et, toutes les fois qu'elle le quittait avec son panier d'œufs sur la tête et à chaque main une cruche pleine de lait, il lui donnait sa bénédiction, car il n'avait point d'argent. Mais dès qu'il eut trouvé une nouvelle gouvernante, elle resta à la maison et, quand elle avait le temps, elle filait, et à la fin de chaque semaine, elle donnait à son mari l'argent que lui rapportait ce travail.

Tous les matins, ils allaient à la messe, comme ils en avaient l'habitude, et lorsque huit heures sonnaient, le savetier retournait dans son atelier et continuait à travailler son cuir à chaussures, tandis que sa femme allait désormais à sa place au marché pour acheter de la viande, de l'huile, du vin et tout ce dont ils avaient besoin. Et à midi, l'arôme de ses bouillons de poule, de ses soupes aux herbes et aux poissons, de ses crêpes et de ses galettes de fromage, emplissait la ruelle des Vetturini.

Ainsi passèrent les jours, puis vint la veille de la Fête-Dieu. Comme le veut la coutume, elle avait décoré les fenêtres de la maison avec des ramées de marronnier. Puis elle était allée au lit plus tôt que d'habitude, car le lendemain matin, elle voulait voir la face du Seigneur et les prêtres portant l'étole et le pluvial qui, arborant les

Saintes Reliques, sillonnaient la ville ce jour-là, et la foule des fidèles qui venaient pour l'occasion de tous les villages environnants. Et son mari se trouvait comme toujours auprès d'elle dans le lit.

Dans la nuit, elle se réveilla soudain en sursaut. La lueur de la lune tombait dans l'étroite chambre et lui permettait de distinguer clairement les rameaux de marronnier aux fenêtres et, noirci par la fumée, le tableau de saint Jean-Baptiste accroché au mur, à sa place, et la poêle à pain en cuivre sur le fourneau, et la bouteille de vinaigre, et le couteau à pain, et la louche et, au-dessus de la porte, le parchemin sur lequel s'étalaient en grosses lettres noires et rouges les lamentations de saint Bernard, et, comme toujours lorsque son regard tombait sur ce parchemin, elle fut contrariée en voyant à quel point les mouches avaient souillé les paroles du saint.

Brusquement, elle remarqua qu'elle n'entendait pas le souffle de son mari. Elle étendit le bras et trouva sa place vide dans le lit.

Étonnée et effrayée, elle se redressa sur son séant. Et, pendant qu'elle se frottait les yeux, elle perçut la voix de son mari provenant de l'atelier. Elle l'entendait murmurer et chuchoter, elle avait l'impression qu'il récitait des psaumes, mais elle ne distinguait pas le moindre mot et ne parvenait pas à comprendre ce qu'il pouvait bien faire dans son atelier à une heure aussi tardive et pour quelle raison il ne se trouvait pas comme d'habitude à ses côtés dans le lit. Et, par un nœud dans le bois de la porte, un mince rayon de lumière de la lampe à huile tomba sur le drap blanc de son lit.

« Lippo! » s'écria-t-elle, mais elle ne reçut pas de réponse. Elle pouvait encore entendre les murmures, et elle appela à nouveau : « Philippo! Ne m'entends-tu pas? Lippo! »

Alors, le silence se fit dans la pièce à côté, et au bout d'un instant, elle entendit le cordonnier qui jurait :

« Ah! ces maudits rats! Ils ne me laissent pas dormir. Ils en veulent à mon cuir. »

C'était la voix de son mari, il n'y avait pas de doute, mais l'instant d'après, la femme ne sut à nouveau que penser. Car cette fois-ci elle l'entendit pouffer de rire d'une tout autre voix, puis elle perçut une sorte de chevrotement et de grognement provenant de l'atelier :

« Des rats, oui parfaitement, des rats, hi hi hi! Rats de navire, rats de galères.

– Philippo! s'écria la femme au comble de l'angoisse. Laisse les rats et viens au lit! Éteins la lampe, c'est dommage de gaspiller l'huile!

– Déguerpis! Allez, fiche le camp! Va-t'en au diable, voilà ce que tu mérites! » s'écria le cordonnier. Et la femme remercia le ciel, car la voix de son mari avait à nouveau son ancien timbre.

Elle l'entendit encore un certain temps marmonner et marcher de long en large, puis la porte de la maison claqua et ce fut le silence.

Tout de suite après, le cordonnier glissa sa tête dans l'embrasure de la porte.

« Tu ne dors pas? » grogna-t-il, et la femme vit que son visage était blême et tout en sueur. Et ses larges mains rouges tremblaient.

« Qui était avec toi? demanda la femme.

– Avec moi? Qui, par tous les diables, pouvait bien être avec moi? Qu'est-ce qui peut te faire penser, nom d'une pipe, qu'il y avait quelqu'un avec moi?

– Je t'ai entendu murmurer. Avec qui as-tu parlé?

– Moi? Avec un rat. Un rat bien gras courait de-ci de-là entre mes piles de cuirs et faisait du bruit, un gros rat noir et dodu, un vrai prélat de rat, et en plus il puait comme un juif. Mais en tout cas, je suis sûr d'une chose : je lui ai flanqué une bonne raclée! »

Malgré la frayeur qu'elle avait eue, la femme du cordonnier ne peut s'empêcher de rire en entendant son mari traiter le rat de prélat dodu. Et, remarquant l'hilarité de sa femme, le cordonnier poussa encore un peu la plaisanterie et dit :

« Un vrai père prieur, ce rat. Un petit abbé bien dodu. Mais ça, je l'ai bien étrillé, tu peux me croire. »

Dès lors, il ne sembla plus étonnant à la femme que son mari eût fait la chasse au rat en pleine nuit. Elle se souvint qu'une fois, chez son ancien maître, les rats avaient gâté un lit, une autre fois deux pièces d'étoffe et un surplis tout neuf, et elle réfléchit au moyen de remédier à ce mal.

« Un chat, non, ça n'est bon à rien, dit-elle, et elle remonta la couverture jusqu'à son cou. Il me boit mon lait, chaque jour il lui en faut une tasse pleine, et rien dans la maison n'est à l'abri de ses griffes. Et puis, les chats, ça peut vous jouer des tours, et la nuit, ils font du bruit sur les toits. Non, point de chat! Du poison. Voilà ce qu'il nous faut. L'apothicaire au coin de la place du marché, le Chypriote, il vend de la mort-aux-rats dans de petites boîtes. »

Et comme elle était enceinte de trois mois, il lui venait des envies et des désirs de choses dont elle ne s'était jamais souciée de sa vie.

« Aussi souvent que je passe devant chez lui, je pointe mon nez dans sa boutique. Il a des centaines de parfums et d'essences : eau de lavande et sirop d'orange, et huile de fleurs de jasmin et gouttes de violettes, et savon au musc et poudre de Chypre – je ne connais même pas tous les noms. J'ai sommeil. Dans son magasin, ça sent comme dans un jardin de couvent. Il a aussi de la mort-aux-rats. Le bouffon la vend à la criée, il fait l'article, le farceur, son commis. Je vais en acheter. Tu peux en assommer un, mais ça ne sert à rien, les autres reviennent toujours. »

Le savetier était déjà allongé près d'elle dans le lit. Elle l'entendit pousser un profond soupir, puis elle s'endormit.

Quelques semaines plus tard, c'était un dimanche, vers le soir, le cordonnier se promenait avec sa femme sur la place Saint-Chrysostome, au centre de laquelle se dresse le beau Christ coulé dans l'airain. Tout le quartier du port était venu, gens de mer, patrons d'auberge, commis des douanes, raccommodeurs de voiles, employés de magasin et débardeurs dans leurs costumes des dimanches se pressaient autour d'un chapiteau sous lequel, contre paiement de deux pièces de cuivre, on pouvait contempler une foule d'oiseaux et de serpents exotiques et un hippopotame vivant. Cette rare exhibition avait attiré de nombreux artistes de foire qui comptaient tirer avantage de l'affluence des curieux. Du toit de la maison des pompiers aux fenêtres du couvent des frères prêcheurs, couraient deux cordes sur lesquelles un funambule, vêtu d'un collant et d'une tunique brodée d'argent, se balançait de-ci de-là en grandes enjambées. Une petite fille de Carthagène, presque encore une enfant, dansait sur une natte de paille aux sons d'une paire de cymbales et d'une guimbarde, et un vieux polichinelle, debout sur un fût d'huile, vantait à tue-tête les drogues et les remèdes d'un médecin ambulant, poudres fébrifuges et emplâtres pour chevaux. Un négrillon faisait monter la garde à son singe qui distribuait des coups de badine, et un Grec des îles proposant du miel et des noix de pistache disait des galéjades qui faisaient rougir les jeunes filles.

Le cordonnier assistait à cette agitation du haut du parvis, sous le porche de l'église. Sortant des tavernes des environs, les gens continuaient d'affluer. Les cris perçants du marchand d'eau glacée s'élevaient au-dessus de ce vacarme, l'air était lourd de l'odeur des poissons frits. Dans le lointain, on pouvait voir la mer et les voiles rapiécées des gabares.

Depuis un bon bout de temps déjà, la femme du savetier avait observé deux hommes qui, malgré le flux et le reflux de la foule se pressant et se bousculant, se tenaient toujours dans les parages et ne quittaient pas des yeux son mari, le cordonnier, un seul instant. L'un d'eux, un homme grand, corpulent, était vêtu comme un Prince de Venise, il portait des souliers à boucles, des bas de soie vert perroquet, une redingote de couleur puce, une perruque, un chapeau à plume et une courte dague au côté. Mais ces airs de grand seigneur ne cadraient pas du tout avec les traits grossiers de son visage. Il avait le teint fortement cramoisi, sous un nez camard s'étirait une moustache rousse et de la joue droite à la joue gauche, courait un large sparadrap. Sans bouger, les bras croisés et le regard rivé sur le cordonnier, il se tenait là, plein de morgue, tandis que son compagnon, un petit homme agile au visage glabre, aux yeux rusés – selon toute apparence un prêtre séculier –, ne cessait de sautiller, tantôt devant lui, tantôt à côté de lui.

« Il y a deux hommes qui t'observent avec attention, murmura la femme du savetier à l'adresse de son mari. Connais-tu l'un d'eux par hasard? »

Le cordonnier jeta un bref coup d'œil vers les deux personnages. Puis il haussa les épaules et dit :

« Non, je ne les connais pas. Ni l'un ni l'autre. Ne t'en occupe pas. – Ah! le revoilà! Il va y avoir un malheur, je le sens. Il va tomber avec l'enfant. »

Et il indiqua la lucarne de la maison des pompiers où le funambule, portant sur son dos une petite fille qui agitait un fanion bleu, venait d'apparaître.

Sur ces entrefaites, les deux compères s'étaient rapprochés tout près, et la femme entendit l'homme au chapeau à plume demander à son compagnon, avec d'étranges gargouillis dans la voix :

« Quelle heure avons-nous, Don Cecco?

– Votre Grâce, pour vous servir, onze heures, ricana le petit homme. Onze heures, s'il plaît à Monseigneur. »

La femme s'étonna de l'absurdité de cette réponse, car cela faisait à peine un quart d'heure que le carillon de Saint-Chrysostome avait sonné sept heures. Et dans la chapelle du couvent des frères prêcheurs, la cloche appelait encore à l'Ave Maria.

« Onze heures donc, entendit-elle gargouiller sous la moustache rousse.

– Fais attention, maintenant il va sauter! », s'écria le cordonnier presque au même instant, tout en saisissant le bras de sa femme. En un bond audacieux, le funambule venait de reprendre contact avec le pavé de la place du marché. « Trop tôt! Bien trop tôt! Et avec l'enfant sur les épaules! Tu es bien imprudent, mon gaillard. Tu te rompras le cou, un de ces jours.

– C'est un tour qu'il a sûrement dû montrer des centaines de fois déjà, dit la femme qui ne comprenait pas pourquoi son mari s'échauffait à ce point au sujet du funambule. Ce n'est pas grand-chose. Les gabiers sur les bateaux, ils en font bien d'autres, il faut voir ça.

– Si c'est pas onze, ce sera douze, chevrotait le séculier. Comme il plaira à Votre Grâce. Pourquoi ne serait-ce pas douze, si Votre Grâce préfère?

– Douze heures donc », grogna l'homme à la dague.

Ces voix – mais où avait-elle donc déjà entendu ces gargouillis et ce rire étouffé? Pour sûr, il n'y avait pas très longtemps. La femme réfléchit. Tout d'abord, elle crut reconnaître en eux deux marchands de bestiaux qui étaient venus un jour à Montelepre pour acheter des boucs, et en y réfléchissant plus avant, elle fut presque sûre de son fait et elle se souvint même du nom de l'un d'entre eux. Mais tout d'un coup, leurs paroles résonnèrent à ses oreilles, elle se revit chez elle, dans sa chambre à coucher, à demi dressée sur son séant, elle était dans son lit, par un nœud dans le bois de la porte un mince rayon de lumière tomba sur ses mains et, dans l'atelier, elle entendit gargouiller et chevroter : « Des rats! Des rats! Rats de navire! Rats de galère! »

Une frayeur lui glaça le sang. Ses pieds se mirent à trembler et elle dut s'appuyer au portail de l'église pour ne pas tomber. Elle savait maintenant que son mari lui avait menti. Que c'était à l'adresse de ces deux sinistres personnages, le noble et le séculier ricanant, qu'il y a peu, en pleine nuit, la veille de la Fête-Dieu, il avait murmuré et chuchoté dans son atelier. Et maintenant, elle comprenait aussi le sens de l'étrange dialogue entre les deux compères : ils voulaient revenir cette nuit et ils s'étaient mis d'accord sur l'heure du rendez-vous. – « Onze heures, pour vous servir, Votre Grâce. – Trop tôt! Bien trop tôt! Tu es bien imprudent mon gaillard! » avait répondu son mari, car il savait bien qu'elle était encore éveillée à cette heure-là.

En proie à la peur, elle leva les yeux vers son mari. Il était là, bouche bée, le regard rivé sur le funambule, suivant des yeux chacun de ses mouvements, il semblait ne rien voir d'autre, ni ne rien entendre.

« Douze heures donc, c'est dit », gargouilla l'homme au sparadrap.

Et la femme vit le cordonnier faire un léger signe de la tête, presque imperceptible.

Le soir, à la maison, la femme mit sur la table la soupe aux choux qui restait du repas de midi et un morceau de viande salée, et après le dîner, elle sortit pour aller s'occuper des mulets et tirer de l'eau du puits. Lorsqu'elle revint, le cordonnier était déjà au lit, coiffé de son bonnet de nuit. Tandis qu'elle lavait la vaisselle, il se signa et commença sa prière, et entre le Te Lucis et l'Ave Maria, il souffla la bougie et dit :

« Nous avons mangé. Va dormir! »

La femme obéit et alla au lit, pour ne pas éveiller les soupçons du cordonnier, il ne devait en aucun cas se douter qu'elle avait l'intention de découvrir son secret. Et, tout en restant étendue sans bouger sous sa couverture, les yeux fermés, elle utilisa toutes sortes de subterfuges pour abréger l'attente et pour combattre la fatigue, car elle ne devait pas s'endormir.

Tout d'abord, elle eut l'idée de compter dans l'ordre les villages, les hameaux, les propriétés et les fermes isolées qui se trouvaient entre Montelepre et Palerme, car elle connaissait bien ce trajet pour l'avoir fait maintes et maintes fois. Puis, lorsqu'elle eut terminé, elle se demanda depuis quand elle n'avait pas mangé de noisettes, car elle aimait les noisettes par-dessus tout, et dans cette ville, il n'y en avait point, personne n'en vendait sur le marché.

Mais le temps passait lentement. Et la femme du cordonnier en vint à l'idée de compter les gens qu'elle connaissait dans cette ville où elle vivait depuis six mois. Ils devaient être plus d'une centaine.

« D'abord, notre voisin sur la gauche, commença-t-elle, le marchand de vin Tagliacozzo. Un jour, il m'a fait cadeau d'une bouteille de son Aleatico, parce que je lui avais rapporté ses chaussures plus tôt que prévu. Je n'ai jamais bu de meilleur vin, même au couvent. Sa fille, Theresa – la femme de l'épicier – porte le même nom. Quant à son mari, je ne sais pas comment il s'appelle. Les gens l'appellent " père Scusi " ou tout simplement " compère ". Quand j'ai besoin d'un mortier pour piler le poivre, il me le prête toujours. Dans la ruelle, il y a un chaudronnier, un tisseur de laine, un marchand des quatre-saisons, ils sont sept en tout. Puis le vieux à qui appartient la teinturerie d'écarlates du port. Il a deux fils, et l'un d'eux achète des feuilles de tabac pour en faire du tabac à priser. Et en plus, il tient un commerce de corail, et il gagne des mille et des cents. Trois écus le collier! Pour le prix, on peut presque s'acheter une chèvre... »

Elle s'interrompit, car une pensée lui était venue qui éveillait en elle l'espoir et en même temps un sentiment de malaise.

« Des dettes! Peut-être qu'il a des dettes, et qu'il me le cache. Et ces deux-là, ils lui ont prêté de l'argent, et maintenant ils viennent pour réclamer leur dû et pour le harceler, voilà tout. Ah! les grippe-sous, les fesse-mathieux, et en plus l'abbé est à coup sûr un faux abbé. Mais non, il ne peut pas avoir de dettes. Est-ce qu'il se serait acheté une mule sinon, il y a peu, une de plus, alors qu'il en a déjà deux à l'écurie? Elle a coûté trente-six écus, alors qu'elle n'en vaut pas six. Elle mord et elle rue, et quand on veut la monter, il faut s'y mettre à deux pour la tenir. »

Et, rongée de souci, accablée d'inquiétude et de chagrin, elle se réfugia à nouveau dans son passe-temps de tout à l'heure.

« Cappuci, le revendeur de grain. Ce qui m'étonne, c'est que les pauvres du quartier ne s'y mettent pas tous ensemble pour lui tomber dessus à bras raccourcis. Luca Zagarolo, le bourrelier. Il y a un autre Zagarolo dans cette ville, il loue des chaises dans l'église du Saint-Esprit. Mais lui prétend qu'il est courtier. Puis les perruquiers, dans la maison d'en face. Ils ne sont que deux, lui et sa femme, mais ils font autant de bruit que s'ils étaient dix. »

Tout d'un coup, elle se souvint qu'une fois, en pleine

nuit aussi, deux hommes étaient venus dans l'atelier, ils avaient acheté de petites billes de plomb, comme on en utilise pour lester les filets. Ils étaient très pressés, parce qu'ils voulaient partir à la pêche au thon avant le lever du soleil. Et elle, la femme du savetier, leur avait souhaité bonne chance et un bateau plein de poissons, et l'un des deux hommes, le vieux, avait dit : à la grâce de Dieu. Des gens honnêtes, ils avaient payé et étaient partis. Mais ces deux-là, le noble et l'abbé – si tant est que ce soit vraiment un abbé : elle n'avait pas vu de livres dans les poches de sa veste –, ces deux-là...

Elle tendit l'oreille. A pas lents, le guet passa devant la maison. La lueur d'une lanterne balaya la pièce, faisant sortir de l'obscurité pour quelques instants la maie, le tablier de cuir du cordonnier, le crible, la cruche et le tableau de Saint Jean, les uns après les autres. L'ombre d'un fusil se profila contre le mur, s'allongea et disparut. Puis la lueur s'éteignit et les pas se perdirent dans le lointain. Quelque part, dans une maison voisine, un chien aboya et un autre lui répondit. La femme était dans son lit et tendait l'oreille aux bruits de la nuit. Et voici que le carillon sonna minuit; au dernier son de cloche, le cordonnier se leva sans faire de bruit.

Elle ne bougea pas, elle avait les yeux fermés et faisait semblant de dormir, seul son cœur se mit à battre la chamade, car il s'était penché au-dessus d'elle et elle sentait qu'il tendait l'oreille, son visage était tout près du sien, son souffle effleurait sa joue.

Quelqu'un siffla dans la rue. Aussitôt, le cordonnier se redressa. Elle l'entendit aller et venir hâtivement et chercher à tâtons ses vêtements dans l'obscurité. Puis il se glissa vers la porte et l'instant d'après il disparut dans l'atelier.

Pendant une minute, tout demeura silencieux. Puis la porte de la maison grinça sur ses gonds et l'un des mulets se mit à braire dans son sommeil. A nouveau le silence, puis des pas et une voix, la voix qu'elle connaissait, le ricanement étouffé de l'abbé, mais tout bas cette fois, à peine plus fort qu'un chuchotement. La femme resta encore au lit et attendit. Jusqu'au moment où la lueur de la lampe à huile pénétra dans la chambre par le nœud du bois, projetant sur ses mains un rond de lumière.

Le moment était venu. Elle se leva sans bruit et se glissa vers la porte à pas feutrés.

A travers le trou laissé par le nœud de bois, elle ne pouvait voir qu'une petite partie de l'atelier. La boule de verre remplie d'eau du cordonnier qui captait la lumière de la lampe à huile et la réfléchissait. La table, et au-dessus de la table une main, la large main de son mari, sillonnée de rides et brunie par la poix.

Cette main tenait un chandelier métallique. Elle le souleva, le soupesa, le tourna et retourna, puis elle disparut un instant dans l'ombre et, lorsqu'elle fut à nouveau visible, elle ne tenait plus le chandelier, mais une mince chaînette en argent.

C'est alors que la jeune femme devina ce qui se passait dans l'atelier : ces deux-là, l'homme au sparadrap et le faux abbé, étaient des voleurs et ils avaient apporté leur butin, mais comment était-il possible que son mari leur servît de receleur, lui qui allait tous les jours à la messe, avait son honnête métier et son commerce et, de plus, les mulets à l'écurie?

Elle n'éprouvait plus de peur, mais de la colère et de la honte, parce que ces deux-là avaient fait de sa maison un repaire de voleurs et poussé son mari à oublier Dieu et son honneur. Et la colère s'empara d'elle, elle poussa la porte et entra.

Les trois hommes, le noble, l'abbé et le cordonnier, étaient assis autour de la table sur laquelle se trouvaient divers objets : deux cuillers d'argent, le chandelier, une saupoudreuse en cuivre repoussé, une paire de mouchettes, la chaînette, un éventail cassé, un carré de soie fortement élimé et une boîte en écaille sans couvercle. Par terre, près de la porte, il y avait des pièces de harnais munies de garnitures en laiton. Et les trois hommes prenaient et examinaient tantôt tel objet, tantôt tel autre, et le cordonnier tenait à la main la tabatière en écaille, et ils étaient tellement plongés dans la contemplation de ces choses qu'aucun d'entre eux ne remarqua la présence de la femme.

Mais un quatrième personnage se trouvait dans la pièce, à l'écart, un homme grand et élancé, tout de noir vêtu, aux mains étroites et aux yeux sombres, avec un visage blême dont on aurait presque pu dire qu'il était beau, s'il n'y avait eu ces cicatrices de brûlures au front et aux tempes. Il avait tout de suite remarqué la femme, mais il ne disait rien, il se contentait de la fixer du regard, et ce silence dura une éternité et, sous ce regard muet, la femme sentit monter en elle une légère angoisse, et elle ferma les yeux.

« Chapeau ou coiffe? demanda soudain le cordonnier sans lever les yeux.

– Calotte, ricana l'abbé. Il y avait encore tout un tas de trucs, mais on n'avait pas envie, on a dû sauter par la fenêtre sans demander not' reste, vu que le vieux avait pris le mors aux dents et s'était mis à pousser des trilles. Pour un peu, il y aurait eu du grabuge, y a du jus qui aurait coulé.

– Bande de voleurs! s'écria la femme tout enrouée de colère en entendant cette langue de pendard. Êtes-vous devenus fous tous les trois de venir dans une maison honnête? Prenez votre bric-à-brac et décampez! »

Le cordonnier fit un bond et dévisagea sa femme en écarquillant les yeux comme s'il voyait un fantôme. Il voulut dire quelque chose, mais de frayeur, il ne put proférer un seul mot. Il tenait la tabatière en écaille à la main et la pressait contre sa poitrine, comme si elle avait été un talisman.

Mais les deux autres n'étaient pas du tout effrayés, ils étaient seulement surpris par la vue de cette femme qui ne portait rien d'autre que sa chemise de nuit. Et l'abbé se leva, repoussa sa chaise, s'approcha, regarda tout ce que l'on pouvait voir, et se mit à ricaner :

« Un beau brin de fille. Appétissante, la fille. Cordonnier, moi je te le dis, prends garde à Sir Thomas. Regarde-le un peu, comme il la dévore des yeux. Les rebondies et les rondelettes, c'est ce qu'il préfère. Parce que, bien qu'il soit anglais de naissance...

– La ferme! gargouilla l'homme à la dague. Ou étouffe-toi à force de bavarder! Cordonnier, renvoie-la, je n'ai besoin ni d'elle ni d'une autre. Ce qu'il me faut, c'est du métal.

– Une corde à ton cou, oui, voilà ce qu'il te faut! s'écria la femme. Tu es un vrai gibier de potence. Et maintenant, prenez votre fatras et déguerpissez à toutes jambes, sinon je donne l'alarme, aussi vrai que le Christ est ressuscité!

– Les beaux bras blancs que voilà! chevrota l'abbé. Et le reste n'est pas mal non plus. Ça va, ma chérie, on t'a vue, maintenant retourne te coucher.

– Ah! vous ne voulez pas décamper, bande de coupeurs de bourses? s'écria la femme du cordonnier. Vous voulez attendre que j'appelle le guet?

– Le guet! gargouilla l'homme au sparadrap.

– Le guet! ricana l'abbé. Ça va être marrant. On va bien s'amuser. Je vois déjà le cordonnier bondir de joie. Vas-y, ma mignonne, appelle le guet. »

La femme jeta un regard perplexe à son mari, et elle vit un visage aux traits décomposés. Elle eut alors le pressentiment qu'il ne pouvait rien lui arriver de pire, si elle appelait le guet. Désespérée, elle s'empara d'un lourd tisonnier qui traînait à terre, le brandit comme une arme et se rua sur les deux compères.

« Sortez d'ici, bande de voleurs! » s'exclama-t-elle en poussant les hauts cris, et le petit abbé se mit aussitôt à l'abri derrière la table, mais l'autre resta assis, bâilla, étendit les jambes et grogna :

« Don Cecco, demandez-lui ce que, par tous les diables, elle veut dire par là.

– Que je vais te faire des trous dans la tête, maudit larron, si tu ne files pas! cria la femme du cordonnier.

– Je pense qu'il vaut mieux que tu lâches ce tisonnier, gargouilla-t-il. Je veux dire que ce n'est pas un jouet pour toi. »

Elle ne répondit rien, fonça sur lui et l'atteignit à la tête. Un tel coup eût renversé un bœuf. Mais lui se leva, impassible. Elle sentit sa poigne de fer, poussa un cri de douleur et laissa tomber le tisonnier.

« Il est par terre, gargouilla-t-il.

– Il est par terre », chevrota l'abbé qui sortit de derrière la table et le poussa du pied.

C'est à cet instant que le troisième larron, celui qui était vêtu de noir, avec les cicatrices de brûlures sur le visage, leva sa main blanche comme neige. Il la porta à ses lèvres, puis au front, la fit tourner, se tapa deux fois sur l'épaule, écarta les doigts et passa son autre main sur sa joue, et tous ces gestes se succédèrent si rapidement que la femme ne parvint pas à les suivre.

Mais les deux autres avaient compris ses signes. L'abbé tira de sa poche un mouchoir bleu taché de jus de tabac, l'ouvrit et commença à y mettre les choses qui étaient sur la table : le chandelier, la chaînette, la saupoudreuse, la paire de mouchettes et l'éventail cassé. Et l'homme au sparadrap chargea les harnais sur son dos, cracha, mit son chapeau à plume et dit :

« C'est bon. On s'en va. Sur ordre de notre capitaine. Mais on reviendra demain. D'ici là, ramène ta femme à la raison, cordonnier, le capitaine n'aime pas les cris. Et quant aux douze écus, tâche de les avoir sous la main, compris? »

Plein de morgue, il sortit de mauvaise grâce, suivi de l'abbé qui jeta un regard à la femme et lui adressa en ricanant une profonde révérence et un geste amoureux, puis le sinistre muet ferma la marche.

La porte de la maison se referma avec fracas, puis ce fut le silence. Immobile et muet, le cordonnier se tenait là et regardait fixement devant lui. La lumière de la boule de verre remplie d'eau tombait sur son visage qui, à cet instant, eut l'air las et décomposé et vieilli d'un grand nombre d'années. Et il tenait toujours à la main la petite tabatière en écaille.

La femme se rendit compte alors qu'elle venait de découvrir un deuxième secret, encore plus grave, un secret qui avait mis son mari totalement à la merci de ces trois voleurs. Car elle voyait bien que ce n'était pas de son plein gré ni par appât du gain qu'il était devenu receleur. Et comme maintenant, elle était seule avec lui, désirant ardemment l'aider, elle le prit par la main et le tira dans la chambre et, paralysé par la frayeur qui venait si brusquement de s'emparer de lui, il se laissa faire.

Elle avait pris la lampe. Elle y remit de l'huile, moucha la mèche et posa la lampe sur la table, à côté du plat où se trouvaient encore les restes de viande salée. Puis elle se mit à harceler le cordonnier de bonnes paroles, de passages de la Bible et de pieuses sentences, elle le somma sans relâche de ne pas lui cacher plus longtemps la cause de son malheur.

« Prends ton courage à deux mains et parle! disait-elle. Avoue à haute voix et le chœur céleste dira amen.

Car il n'est point de péché que Dieu ne pardonne dans Son amour, il l'a clairement montré à maintes reprises. »

Le cordonnier était assis penché en avant, le menton dans le poing, et le poing sur la table, et il regardait fixement devant lui. Et la femme continuait :

« Nous sommes dans l'affliction, mais nous ne sommes pas inquiets. Nous sommes persécutés, mais nous ne succombons pas. Nous vivons des jours d'angoisse, mais qui perdra courage? Le Seigneur n'a-t-Il point dit : Je ne t'abandonnerai pas, ni te négligerai? Parle enfin, et confesse-toi, et tu seras consolé. »

Mais tout cela fut dit en vain, car le cordonnier ne l'écoutait pas et persistait dans son mutisme. La lumière de la lampe à huile vacillait et palpitait, et sa fumée épaisse et noire montait jusqu'au plafond.

« Heureux celui qui s'élève à la joie éternelle, la femme reprit sa litanie. La porte de la grâce est ouverte à chacun d'entre nous, et c'est un vrai bonheur qu'il en soit ainsi. Voilà que tu devrais confesser tes fautes d'un cœur contrit, mais tu restes là assis, et tu ne dis mot, les yeux fixés sur ce plat. Si tu as faim, prends et mange, il en reste assez. Mais ne t'obstine pas dans ta dureté de cœur, car sans remords ni confession, il est impossible de plaire à Dieu, tu le sais, le curé l'a répété assez souvent du haut de la chaire. »

Le cordonnier ouvrit la main et laissa tomber la tabatière en écaille. Elle se brisa en mille morceaux. Puis il leva la tête et dit à voix si basse que c'était à peine audible :

« Des remords, dis-tu? Je me suis mis à genoux devant toutes les saintes images, me suis tordu le cou devant chaque crucifix. J'ai eu ma part de peur et de peines. Mais le remords, non, je n'en ressens point. Ce que j'ai fait à l'époque, je le referais aujourd'hui, même si pour cela je devais retourner aux galères. »

La femme fut saisie de frayeur jusqu'au fond de son cœur, elle resta là, glacée d'épouvante, car le cordonnier venait de laisser échapper qu'il avait été galérien. Mais elle se ressaisit bientôt et n'en laissa rien paraître, car c'était une femme courageuse.

« Ainsi donc, tu as été condamné aux galères, dit-elle d'un ton détaché, comme si elle ne s'était attendue à rien d'autre que cela. Un jour, à Montelepre, j'en ai vu toute une troupe qui traversait le pays. Ils ont dormi dans les écuries, seul l'officier a été logé dans le presbytère. Toute la nuit, ils ont chanté des chansons malhonnêtes. Au matin, ils sont repartis et le sous-lieutenant a laissé deux écus sur la table pour monsieur le curé. Ils portaient des calots verts », ajouta-t-elle.

Le cordonnier se passa la main sur la tête et soupira.

« Tu es resté longtemps sur les bateaux? demanda la femme au bout de quelques instants.

– Assez longtemps. Deux ans, puis je leur ai faussé compagnie. Ils m'ont fait rechercher partout, ils étaient à mes trousses à Cantanzaro, Pizzo et Bari, et à Avola ils ont failli me reprendre. Maintenant, ils ne me recherchent plus, je crois qu'ils m'ont complètement oublié. Voilà, maintenant tu le sais, et je crains seulement que les autres aussi n'aillent bientôt le savoir, les voisins, parce que vous, les femmes, vous ne pouvez pas garder un secret pour vous. Quel fou j'ai été. Qui veut vivre en paix doit savoir tenir sa langue, a enseigné saint Pierre.

– Tu m'en as déjà tant dit, dit la femme, je veux encore savoir une chose : pourquoi est-ce qu'ils t'ont envoyé aux galères? Tu as sûrement été condamné à tort. »

Le cordonnier ruminait de sombres pensées.

« Je suis coupable, marmonna-t-il. Je ne l'ai jamais nié, pas même devant le juge. A quoi bon te répéter tout cela. J'ai assommé un usurier à Pise, un vampire, quand il est venu pour la troisième fois faire une saisie chez moi. Il était riche et avait une grande famille, et celle-ci n'eut de cesse que le juge ne m'envoyât aux galères. Il y a dix ans maintenant. »

Et, saisi par la violence du souvenir, le cordonnier se mit à parler de la vie qu'il avait menée sur le bateau des forçats et, plein d'amertume et de rage contenue, il évoqua la soupe aux haricots et le pain moisi, le sarrau rouge et le pantalon de treillis, les fouilles, le travail de corderie dans la cale obscure, les coups de bâton, le pompage et le triangle de fer qu'on lui avait forgé autour du cou. Puis il raconta comment il s'y était pris pour s'évader, et dans son excitation, il se leva d'un bond et se mit à aller et venir dans la pièce en gesticulant violemment.

« Le gars avec lequel j'étais enchaîné pendant la nuit, il s'appelait Sercambi, Giacomo Sercambi, c'était une crapule, un misérable traître, vingt ans mais capable de tout; pour un demi-écu, il aurait fouetté les douze apôtres. Lorsqu'il s'aperçut que pendant qu'il dormait j'avais limé de part en part les barreaux du hublot, il se recroquevilla dans son coin et ne dit mot, il était rusé comme le diable, mais je voyais bien qu'il riait secrètement dans l'attente de la chopine de vin qu'il voulait obtenir des gardes-chiourme en récompense de sa trahison. Il fallait agir. J'ai pris la chaîne et je l'ai frappé à la tête, il est mort sur le coup. L'homme qui montait la garde sur le pont supérieur, je l'ai poignardé avec son propre poignard. Puis les autres se sont rués sur moi de tous les côtés, mais j'ai réussi à m'en débarrasser. »

Là le cordonnier s'arrêta brusquement et, dans un geste de colère, il tendit vers le ciel ses bras puissants, comme pour défier encore une fois en combat singulier tous les sbires, les hommes de main et les geôliers de la terre.

« J'ai donc tué trois fois, maintenant tu le sais, une fois dans un accès de colère, et la deuxième et troisième fois parce que j'y ai été obligé, ils ne m'ont pas laissé le choix. Quand j'ai été dans l'eau, ils m'ont tiré dessus, et s'ils m'avaient atteint, ça aurait bien été un assassinat, non? – Deux jours durant, je suis resté caché dans les roseaux, sur la rive, et ils ne m'ont pas trouvé. »

Puis le cordonnier raconta comment, après toutes sortes de péripéties, il avait échappé à ses poursuivants et enfin trouvé la paix à Palerme. Car ici personne ne s'occupait de son voisin, la ville était grande, chacun vaquait à ses occupations et tous les jours il y avait de nouveaux visages. Il n'avait même pas eu besoin de se cacher.

« Jusqu'au jour où, poursuivit-il, il y a trois mois, ce Don Cecco qui se fait passer pour un abbé est apparu devant ma porte. Lui aussi était forçat sur le même bateau à cause d'un faux en écriture qu'il avait commis aux dépens d'un notaire. J'ai mis ma main devant mon visage, j'ai tordu la bouche et gonflé mes joues, mais rien n'y a fait, il m'a tout de suite reconnu. J'ai essayé de m'éclipser, mais il m'a suivi dans l'atelier, il m'a appelé par mon nom et il s'est mis à me parler, et j'ai été obligé de faire comme si j'étais content de le revoir. Lorsqu'il a vu mes outils de travail et le cuir et, dans la chambre, les pommes, le fromage et le lard fumé, il a eu l'air réjoui parce qu'il s'est rendu compte que j'étais devenu quelqu'un d'honnête. Et il n'a pas cessé de parler de ma prospérité. Puis il est parti, mais il est revenu dans la nuit avec les deux autres, ceux que tu as vus, et j'ai été obligé de racheter ce qu'ils avaient apporté, leur butin, qu'est-ce que je pouvais faire d'autre, hein? Si j'avais refusé, ils n'auraient pas hésité un instant à me dénoncer aux autorités, ce sont de vraies têtes brûlées, ces brigands. »

Il soupira et essuya la sueur de son front. « Et depuis ce jour, dit-il, j'ai vécu dans la crainte permanente, et je n'ai plus eu le moindre répit, tu peux me croire. Parce qu'ils viennent toutes les semaines pour réclamer de l'argent. »

La femme leva les yeux et vit le visage assombri de son mari, et elle pensa qu'il avait eu raison de ne pas mettre ces trois voleurs à la porte, elle n'avait plus de doute à ce sujet. Car comment Dieu pouvait-il vouloir que son mari restât honnête et en même temps qu'il retournât sur les galères? Non, en vérité, telle ne pouvait être la volonté de Dieu. Et comme maintenant elle savait tout, il lui sembla judicieux de laisser les choses telles qu'elles étaient. Mais elle avait encore un doute et elle le lui dit :

« Chacun doit assumer ses péchés, ne va pas croire que tu es le seul. Mais le problème, c'est que tôt ou tard, ils vont se faire prendre, et j'ai peur qu'ils ne te trahissent, parce que quand on a la corde au cou, la langue se délie. Et on finira quand même par t'emmener de force.

– Ça non, dit le cordonnier. Si ce n'était que cela, il n'y aurait pas lieu d'avoir peur. Ces voleurs aussi ont leur honneur, ils ne trahissent jamais leurs complices, même sous le gibet. L'un d'entre eux, le muet, celui qu'ils appellent leur capitaine, il a subi la torture du feu à Tarente et n'a rien avoué. Tu as vu les cicatrices de brûlures sur son visage.

– Dans ce cas, dit la femme tout à fait rassurée, tu n'as qu'à payer les pots cassés, et dorénavant je ne veux rien savoir de tes tractations avec les trois compères dans l'atelier. Quant au salut de ton âme – je pense que Dieu te pardonnera. J'en connais même qui ont pillé des églises et des chapelles, et Dieu leur a pardonné, bien que ce péché soit très maudissable et qu'on ne puisse en rien le comparer avec le tien. Mais, bien sûr, il faut se repentir et aller à confesse et faire œuvre pie qui soit agréable à Dieu. Il faut que tu me donnes de l'argent. Dès demain, j'irai à l'église du Saint-Esprit, c'est la plus proche, et je demanderai si les ouvrages de passementerie ne doivent pas être remis à neuf, ou peut-être faut-il blanchir une niche ou remplacer une vitre cassée. Il y a beaucoup d'occasions de plaire à Dieu, il faut en profiter. Sans oublier les cierges pour les images des intercesseurs et des martyres. Les cierges ne coûtent pas cher et je sais où on peut les avoir à bon marché. Mais tu dois calculer ce que t'a rapporté le commerce avec le produit du vol et toute la somme...

– Ce que cela m'a rapporté? s'écria le cordonnier. Femme, tu as perdu la tête! Ça ne m'a rapporté qu'un tas de vieilleries, et j'en ai jeté la plus grande partie aux ordures. Ils ne m'apportent qu'un bric-à-brac de choses cassées, aujourd'hui encore une saupoudreuse, qu'est-ce que je peux faire d'une saupoudreuse? Et ils en veulent douze écus, as-tu entendu? Tout ce fatras n'en vaut pas même deux. Les harnais, c'est encore ce qu'il y a de mieux, attends voir... »

Il alla dans l'atelier pour jeter un coup d'œil aux harnais volés, mais il revint aussitôt tout décontenancé :

« Ils les ont remportés, je ne m'en suis même pas aperçu. De toute façon, ils auraient été trop lourds pour les mulets, et en plus, le cuir était déchiré. Douze écus, et puis quoi encore! Tu veux de l'argent! Soit! Achète des cierges et fais dire des messes. »

Et il alla vers le coffre dans lequel, au milieu de restes de cuir, de boutons en laiton, de morceaux de verre, de chevilles de cordonnier en bois et de vaisselle cassée, il gardait son argent enveloppé dans un chiffon, et il en sortit un ducat papal fortement rogné et quelques pièces d'argent.

« Voici quinze écus, dit-il. Que le diable emporte les voleurs et toutes les galères et les péchés! C'est ainsi qu'on est dépouillé du peu d'argent qu'on a. »

La femme prit les quinze écus et les garda dans sa main ouverte.

« Tu as tes péchés, et moi, j'ai les miens, soupira-t-elle, pendant que le cordonnier refermait le coffre. Il y a déjà longtemps que je voulais faire œuvre pie. Mais je n'ai jamais osé t'en parler. »

Elle hésita et baissa les yeux.

« Voilà : avant d'être gouvernante chez monsieur le curé, continua-t-elle, j'étais religieuse et j'avais déjà prononcé mes vœux et aussi fait vœu d'obéissance. Et si l'abbesse n'était pas morte, elle a eu la variole...

– Qu'est-ce que tu racontes là? s'écria le cordonnier, interloqué, au-dessus de son coffre. De quelle abbesse parles-tu, et de quelle religieuse, de quelle obéissance et de quelle variole?

– Moi, dit la femme, j'étais religieuse. Une servante du Christ. Mais, Dieu me pardonne, je me suis enfuie du couvent. »

Et pour montrer qu'elle disait la vérité, elle alla chercher une chemise et une veste de nuit, un drap, deux frottoirs à saignée, un livre pour la semaine sainte et un bol en terre cuite qui portaient le sceau du couvent : un chérubin brandissant un flambeau, surmonté de trois fleurs de lis.

Lorsque la nuit suivante, après avoir réglé ses affaires avec les voleurs, le cordonnier revint dans la chambre, il trouva sa femme éveillée. Elle avait allumé la lampe, remonté les coussins, et était assise toute droite dans le lit.

« Pourquoi ne dors-tu pas? demanda-t-il. Est-ce qu'à la fin tu as quand même tendu l'oreille?

– Non, je n'ai pas tendu l'oreille, dit la femme. L'un d'entre vous a frappé au mur ou à la porte. Là, je me suis réveillée en sursaut et j'ai pensé qu'il fallait que j'aille à matines.

– A matines? bâilla le cordonnier en retirant sa blouse. Pour moi, c'est de l'hébreu.

– A minuit, l'instruisit la femme, on frappe à la porte et il faut se lever pour aller chanter les laudes avec le chœur. On porte une veste de nuit sous l'habit, mais on a froid quand même et on souffle dans ses mains. Ce sont les matines. Quand nous étions de nouveau dans nos lits à deux heures, nous pouvions nous estimer heureuses. »

Le cordonnier éteignit la lumière et se coucha.

« Puis, continua la femme, à cinq heures et demie, et même dès quatre heures en été, il fallait à nouveau se lever et chanter prime, et tout de suite après venait la célébration de l'Eucharistie. L'abbesse, bien sûr, elle ne se montrait aux prières du matin que tous les quinze jours. Il est vrai qu'elle était âgée, mais moi, je n'en étais jamais dispensée, même quand la veille on m'avait pratiqué une saignée. Sept fois par jour, il fallait que j'aille chanter avec le chœur, et entre-temps il y avait aussi des Ave Maria à toutes les heures canoniales, et l'office et la messe capitulaire, et la sexte, et la none, et encore une fois l'Eucharistie, et les litanies, et par-dessus le marché, les jours de jeûne, le Miserere, et les jours des fêtes de la Vierge, la procession – parfois, je n'avais même pas le temps de balayer ma cellule.

– Nous, sur les bateaux, fit le cordonnier, on avait sûrement plus de travail, la soupe à l'eau, on ne vous en faisait vraiment pas cadeau. Et le travail dans la station de pompage, c'est tout autre chose que de chanter des litanies, là on sent vraiment tous ses os, ça tu peux me croire. Mais je pense que le pire de tout, ça doit être de ne voir que des bonnes femmes autour de soi du matin au soir.

– Il y avait aussi des hommes au couvent, dit la femme. Le chapelain qui confessait l'abbesse. L'intendant et le jardinier, Dieu le bénisse, c'est lui qui m'a aidée à m'enfuir. Ça n'a pas été facile. Il voulait avoir une empreinte de la clé, mais je n'avais pas de cire.

– De la cire? A quoi bon de la cire? fit entendre le cordonnier sous la couverture. Tu ne sais pas qu'avec de la mie de pain, quand on la pétrit, on peut faire une très bonne empreinte? Dans la nuit, elle devient dure comme de la pierre. Et en plus, je ne comprends pas ça, il devait bien y avoir des cierges dans le couvent.

– Justement, nous ne recevions ni cierges ni lampes, expliqua la femme. Quand la nuit tombait, on devait aller au lit. L'abbesse était très économe. Elle était méfiante aussi, souvent elle m'appelait et me parlait rudement. Si j'avais réclamé de la lumière, ça aurait fait un beau tapage.

– Ah! ça, vous, les femmes, vous ne savez vraiment pas vous débrouiller, grogna le cordonnier. Écoute bien et n'oublie pas : prends un morceau de lard et en guise de mèche un vieux bonnet de nuit en coton, tu peux en faire la plus belle des lampes. Il suffit de s'y connaître.

– Mais je n'avais pas besoin de lampe, j'avais besoin de cire, dit la femme. Quand l'abbesse est morte, j'ai mis un cierge de côté, il était destiné aux obsèques et pesait ses deux livres. Par chance, personne ne remarqua qu'il manquait. Je l'ai gardé pendant deux semaines, puis j'ai apporté au jardinier l'empreinte de la clé et il a été acheter de l'étain. Il m'a également procuré des vêtements civils.

– D'après tout ce que tu dis, remarqua le cordonnier, ta fuite a été un véritable jeu d'enfant. Si je te racontais tout ce à quoi il a fallu que je pense, et en plus, moi j'avais personne qui m'aidait. Par exemple, j'avais besoin d'un rasoir. Parce que pour rendre ma fuite plus difficile, on m'avait coupé la barbe inégalement de chaque côté. Qu'est-ce que j'ai fait? Très simple, j'ai volé au garde-chiourme son couteau à pain et je m'en suis servi pour me racler la barbe tant bien que mal.

– Il se peut, comme tu dis, que ça n'ait pas été difficile, reconnut la femme. Mais j'ai bien assez tremblé. A part le jardinier, personne n'était au courant de mon projet, mais il suffisait qu'une des sœurs me regardât pour que je rougisse. Ah! les sœurs du couvent! Qu'ont-elles bien pu devenir? Je les ai encore toutes en mémoire. Est-ce que sœur Monica des Sept-Glaives tient toujours les livres de comptes? Et sœur Cyrilla de la Sainte-Trinité, est-elle enfin devenue sous-prieure? Et sœur Frumentia du Saint-Sacrement, qui nous lisait des passages du psautier pendant les repas, et sœur Seraphica de la transsubstantiation, et sœur Columbana de l'apparition du Christ...

– Arrête, qu'est-ce que c'est que ces noms! s'écria le cordonnier. Y a vraiment de quoi rigoler. Cyrilla de la Sainte-Trinité! Des fois, tu sais, quand je voyais les bonnes sœurs dans leurs habits gris passer furtivement dans la rue, je me disais que ce serait vraiment drôle de passer un moment avec l'une d'entre elles. Et toi, dis-moi, comment est-ce qu'on t'appelait au couvent?

– Sœur Symphorosa de la lampe du Saint-Sacrement, dit la femme du cordonnier à voix basse.

– De la lampe du Saint-Sacrement », croassa le cordonnier qui sauta du lit en se tenant les côtes de rire. Car le fait d'avoir dans son lit une femme qui autrefois avait porté un nom aussi sacro-saint lui semblait on ne peut plus amusant.

Il était de bonne humeur ce soir-là. Car il avait amené les trois voleurs, qui étaient venus chercher leurs douze écus, à se contenter de la moitié de cette somme et d'une bonne chopine de vin.

Le soir de Noël, la femme accoucha d'un garçon. Les premières douleurs la saisirent alors qu'elle se trouvait devant le fourneau et elle eut tout juste le temps de courir chez une voisine pour lui demander de l'aide. Car le cordonnier n'était pas à la maison, il était parti acheter du cuir.

Lorsqu'il revint, la femme de l'épicier se tenait devant la porte et elle lui dit :

« Retire ta casquette, compère, et entre. C'est un garçon. »

La femme était allongée dans le lit, épuisée et somnolente, et elle ouvrit à peine les yeux lorsque le cordonnier entra dans la chambre. On avait couché l'enfant dans une corbeille, car le cordonnier et sa femme n'avaient point de berceau. Un feu de bois brûlait dans le fourneau, on y avait réchauffé les linges pour la femme en couches, et la soupe du soir mitonnait dans la marmite.

« Il est grand et fort, dit la voisine, pendant que le cordonnier se penchait au-dessus de la corbeille. Tout s'est bien passé. J'étais juste en train de donner à manger aux poules quand elle a traversé la ruelle en courant. Il m'a suffi de la voir, j'ai su tout de suite ce qu'elle avait. " N'aie pas peur! que je lui ai dit. J'en ai mis quatre au monde. " Regarde-le, compère, il vient d'ouvrir les yeux. Puisse-t-il t'apporter de la joie. »

Le cordonnier contemplait la corbeille et l'enfant et le linge blanc. Et la voisine continua :

« Les enfants de Noël deviennent presque toujours prêtres, hommes d'Église et souvent de très bons prédicateurs et prêcheurs en chaire. Tandis que les enfants de Pâques sont des propres-à-rien, on ne peut jamais rien en faire de bon. Si Dieu le veut, il peut même devenir évêque. Mets tous les jours un peu d'argent de côté, compère, parce que les études, ça coûte cher.

– Il sera cordonnier, dit le père, et il jeta un coup d'œil à sa femme pour voir ce qu'elle en pensait. Les cordonniers ne sont pas des théologiens, c'est vrai, mais il y a assez d'hommes habiles et vaillants parmi eux, et ils sont estimés de tous ceux qui les connaissent. Et quiconque a apporté ses chaussures dans mon atelier a toujours été satisfait, à moins que ce ne soit quelqu'un qui n'est jamais content, des comme ça, il y en a aussi. Étudier, à quoi bon? Ce n'est pas parce qu'on ne peut pas lire le missel qu'on n'est pas un bon chrétien. »

Et de ses doigts maladroits, il dessina lentement et prudemment le signe de la croix sur le front de l'enfant.

L'enfant fit la grimace et se mit à crier, et il cria de plus en plus fort, se tordit et son visage devint tout bleu.

« Va-t'en, malheureux! cria la femme de l'épicier. Faut-il donc que tu lui tâtonnes le visage avec tes doigts pleins de poix? C'est qu'ils puent la poix, tes doigts. Allez, va-t'en, va dans ton atelier, tu lui as fait peur, il a peur de toi. »

Et elle écarta le cordonnier interloqué et prit l'enfant dans la corbeille pour le calmer.

« Sois bon avec lui, Lippo, dit la femme dans son lit d'une voix épuisée. Sois gentil avec lui. La soupe est sur le fourneau, mais fais attention, elle est brûlante. »

Cette nuit-là, le cordonnier eut un rêve.

Il se vit debout face à la mer, sur le port, là où les bateaux en provenance de Termini viennent accoster avec leurs cargaisons d'oignons, il était là, debout, et tenait la corbeille avec l'enfant dans ses bras. Le port était désert, pas de bateau, pas de chaland, pas âme qui vive, alentour tout était silencieux, seules les vagues de la mer ne cessaient de rouler en bruissant vers le rivage. Mais soudain, il vit trois hommes au loin qui s'avançaient vers lui, l'un venant du nord, l'autre du sud et le troisième en traversant la mer. Et lorsqu'ils furent tout proches, il s'aperçut qu'ils portaient des couronnes d'or et des souliers d'or, et des manteaux de pourpre. Et ils se prosternèrent devant son enfant et lui firent don de trois présents : ce n'était point de l'or, ni de l'encens, ni de la myrrhe qu'ils tenaient dans leurs mains, le premier apportait de la poix, le second du soufre et le troisième du goudron.

Le cordonnier se réveilla et fut frappé d'étonnement par cette étrange vision qu'il ne parvenait pas à interpréter. Il se mit lentement sur son séant. La lumière de la lune entrait à flots dans la chambre et tombait sur l'image de saint Jean-Baptiste qui, dans la pénombre, semblait regarder le cordonnier, comme s'il était descendu sur terre pour parler avec lui.

Le cordonnier resta quelque temps assis dans son lit, puis la fatigue s'empara de lui, ses yeux se fermèrent de sommeil, il retomba en arrière et continua de rêver.

Il ne se trouvait plus au bord de la mer, mais dans son atelier, assis sur son tabouret, et devant lui, sur l'établi, il y avait le cuir, le ligneul et l'alêne. C'est alors qu'à travers les murs de sa maison, il vit des formes s'avancer vers lui, venant de tous côtés, d'innombrables silhouettes aux contours pesants, ressemblant à des marchandises sorties des entrepôts du port, une armée de sacs de blé, de riz et de millet, de fûts, d'outres, de caisses et de balles était en route, et toutes ces choses s'approchaient en roulant, en sautant, en trébuchant, en glissant, elles assiégeaient la maison de toutes parts, frappaient aux fenêtres, donnaient des coups contre la porte, tambourinaient sur le toit, grattaient aux murs, elles voulaient entrer, et une voix s'éleva au-dessus des nuages et tonna :

« Voici les péchés du monde, ils sont venus s'incliner devant celui qui est né aujourd'hui. »

A ces mots, le cordonnier se réveilla en sursaut. Il tremblait de tous ses membres et la sueur perlait à son front. Il jeta un coup d'œil à sa femme, car elle aussi avait dû entendre cette voix. Mais elle dormait profondément.

La lumière de la lune tombait toujours sur l'image de saint Jean-Baptiste, et le cordonnier pouvait distinguer la main du saint, levée en signe d'exhortation. L'espace d'une seconde, l'image fut auréolée d'une lumière éclatante, puis elle disparut dans l'obscurité.

Toute la journée du lendemain, le cordonnier fut taciturne et pensif. Il fit la cuisine dès le petit matin pour lui-même et sa femme, puis il resta dans l'atelier et sa femme l'entendit battre le cuir à semelles comme si c'était jour ouvrable. Une fois, il vint dans la chambre et regarda longuement en silence l'enfant qui dormait dans la corbeille.

Ce n'est qu'en fin d'après-midi, lorsqu'il commença à faire sombre, qu'il sembla se souvenir que c'était jour férié. Il sortit du coffre la tunique bleue qu'il avait l'habitude de mettre pour sortir les dimanches, et la brossa longuement et avec beaucoup de minutie. Puis il s'approcha du lit de sa femme.

« Je vais chercher un parrain pour l'enfant, dit-il. Je serai de retour dans une heure. Surtout, reste au lit, je vais demander à la voisine de venir. Ne t'avise surtout pas de te lever. J'ai déjà donné à manger aux mulets.

– Tu n'as pas besoin de chercher de parrain, fit la femme. Va chez le marchand de volailles Scalza, il habite dans la ruelle Monserrata, juste en face du grand collecteur d'eau. Cela fait déjà longtemps qu'il m'a promis de tenir l'enfant sur les fonts baptismaux. C'est pour ainsi dire convenu. Et vu qu'il est riche, on peut s'attendre à un beau cadeau de baptême. Peut-être aussi à quelques chapons. Mais il est un peu dur d'oreille, il faut que tu parles fort. Et fais attention au chien, c'est un grand chien marron, très méchant. N'entre pas dans la cour avant qu'on l'ait mis à la chaîne. »

Le cordonnier prit son manteau et son bonnet et sortit.

Il connaissait dans la ville un homme fort savant, un

docteur ès sciences, qui avait étudié de longues années dans toutes les écoles. Et les gens venaient de très loin en calèche pour le consulter et lui demander conseil. C'est vers cet homme célèbre que le cordonnier dirigea ses pas, et comme il portait sa tunique bleue des dimanches, il n'hésita pas à entrer dans la maison.

Vêtu d'un habit écarlate, le médecin était assis à une table où, entre deux cierges allumés, se trouvaient des livres, des écrits et une perruque, et sur le sommet de son crâne chauve, il portait une petite calotte de velours rouge. Il avait dans la main une fiole qu'il secouait et tenait à contre-jour. Lorsque le cordonnier entra et s'arrêta près de la porte, il ne jeta vers lui qu'un bref coup d'œil. Puis il lui fit signe de s'approcher.

« Qu'as-tu? demanda-t-il. Où as-tu mal?

– Votre Grâce... », bredouilla le cordonnier, puis il se tut pour réfléchir à ce qu'il voulait dire par la suite.

Le docteur leva alors les yeux et vit qu'il avait devant lui un homme grand, fort et en bonne santé, au visage rubicond et replet. Et il demanda :

« Où est le malade? Pourquoi ne l'as-tu pas amené tout de suite? Garde-t-il le lit?

– Ma femme, dit le cordonnier, oui, elle vient d'accoucher. Mais la voisine, la femme de l'épicier, est à son chevet. Et dès demain, je pense qu'elle va pouvoir se lever et faire son travail.

– Qu'est-ce qu'il a ce malade? l'interrompit le docteur en reprenant sa fiole.

– C'est moi, votre Grâce, cette nuit, plutôt vers le matin, j'ai eu une vision, et je voudrais que votre Grâce me l'explique. C'est pour cela que je suis venu, fit le cordonnier.

– Qu'est-ce que tu as eu cette nuit?

– Un rêve, répéta le cordonnier. Et j'aimerais que votre Grâce me l'explique. »

Le médecin reposa la fiole sur la table.

« Mon brave, dit-il, tu as frappé à la mauvaise porte. Je n'ai pas appris à interpréter les rêves. »

Le cordonnier voyait bien que le savant ne disait pas la vérité. Car la pièce était pleine de secrets. Partout, il y avait des flacons aux formes bizarres, dans un coin se dressait un squelette à la main levée dans un geste menaçant, et sur la table se trouvait la pierre philosophale, miroitant de mille reflets verdâtres. Et il y avait des piles et des piles de livres imprimés, et celui qui les avait tous lus devait bien pouvoir aussi interpréter les rêves.

« Votre Grâce pense peut-être que je n'ai pas un écu en poche, répondit le cordonnier. Il est possible que j'en aie l'air. Mais je peux payer ce qu'il faut. Et le rêve, c'est saint Jean qui me l'a envoyé.

– Écoute-moi bien! dit le docteur. Je suis médecin, comprends-tu cela? Tombe en descendant les escaliers et brise-toi les côtes, et tu verras comment je vais te remettre en état. C'est cela que j'ai appris, là je m'y entends. Mais laisse-moi tranquille avec tes rêves! Pax et benedictio, et maintenant passe ton chemin! »

Et, sans prêter davantage attention au cordonnier, il ouvrit un livre, rapprocha les bougies et se mit à lire.

« La peste t'étouffe! Dieu te damne! » grommela le cordonnier exaspéré par tant de méchanceté, le médecin lui avait en effet souhaité qu'il se brisât les côtes. Puis il lui tourna le dos et sortit.

A l'extérieur de la ville, à une heure de marche environ après la porte de Pancratius, habitait un vieux paysan qui, contre paiement d'une petite pièce d'un thaler ou de trois écus, prescrivait à ceux qui venaient le voir des médicaments contre les maladies de leurs bestiaux, et il était aussi versé dans les Saintes Écritures. Le cordonnier alla voir cet homme et lui fit part du rêve que saint Jean-Baptiste lui avait envoyé.

« Saint Jean-Baptiste n'envoie pas de rêves, le reprit l'homme qui connaissait sa Bible. Il a une autre fonction au ciel. Ceux qui souffrent d'hydropisie s'adressent à lui pour obtenir son intercession, en outre il a pris l'élevage des bovins sous sa protection. Si un saint Jean t'a envoyé un rêve, ce ne peut être que saint Jean l'Évangéliste. C'est à peine croyable, les gens confondent tout, même les saints. »

Il parlait du nez. Une séquelle de la variole.

« Il se peut que ce soit ce saint Jean ou un autre, fit le cordonnier. A vrai dire, je ne sais pas quel saint Jean c'était. Il est accroché dans ma chambre et je le vois tous les jours. »

Et il se mit à raconter à l'homme versé dans la doctrine chrétienne les visions qu'il avait eues en rêve, il lui parla des trois rois et de leurs présents, des myriades de formes sans tête qui s'étaient dirigées en procession vers sa maison, et de la voix qui s'était élevée au-dessus des nuages.

Le vieil homme se leva et retira une casserole du feu, car le lait était sur le point de déborder. Lorsqu'il revint, il fit le signe de la croix et dit :

« Poix, soufre et goudron, c'est écrit. Apprends, cordonnier, que les trois hommes que tu as vus étaient les princes de l'enfer. Tu as fait un rêve de l'Antéchrist.

– De l'Antéchrist », bredouilla le cordonnier. Il pâlit, essaya de se lever, retomba en arrière et fixa le vieil homme avec des yeux écarquillés.

« C'est écrit dans les livres, continua le vieillard de sa voix nasillarde. Et l'apôtre Jean l'a prédit : l'Antéchrist va venir au monde, le grand menteur et le faux prophète, et sa venue sera marquée par toutes espèces de signes et de prodiges mensongers. Il troublera le cœur d'un grand nombre de gens et les croyants viendront à lui des quatre coins du monde. Puis il se dressera en tant que chef d'alliances secrètes, et il détruira l'empire des rois chrétiens et causera d'inexprimables dommages à la Sainte Église. Et après lui viendront la guerre et la révolte, le pillage et la peste, car Dieu versera sur la terre les sept coupes de sa colère.

– Et à quoi, demanda le cordonnier rassemblant toutes ses forces, à quoi un chrétien catholique peut-il reconnaître ce faux prophète et cet ennemi de l'Église?

– On le reconnaîtra en ceci qu'il sera né le soir de Noël comme le Christ, notre Seigneur. Et son père sera un assassin évadé, et sa mère une religieuse échappée du couvent, voilà ce qui est annoncé et voilà ce qui est écrit. »

Le cordonnier restait muet. Le vieillard retira la casserole de lait du fourneau et en but une gorgée, et des gouttes blanches restèrent accrochées dans les poils de sa barbe.

« Seul l'apôtre Jean peut t'avoir envoyé ce rêve, répéta-t-il alors. Saint Jean-Baptiste et saint Jean l'Évangéliste, ce n'est pas la même chose. D'après des récits dignes de foi, ils ne vivent pas au ciel en bonne intelligence. Dans la communauté des saints, ils n'ont guère de considération l'un pour l'autre, et plus d'une fois ils se sont même mis à se disputer sous les yeux de la très sainte Vierge Marie et du Fils. Tu ne dois pas confondre les deux saints. »

Puis il demanda son thaler et le reçut.

Le cordonnier reprit dans le noir le chemin par lequel il était venu. Son cœur était lourd d'angoisse. Le vent bruissait dans les oliviers de chaque côté de la route, et le ciel était chargé de nuages qui avaient la couleur du soufre, de la poix et du goudron. Et les nuages couraient à toute vitesse comme s'ils voulaient annoncer au monde entier que l'Antéchrist venait de naître dans la maison du cordonnier, dans la ruelle des Vetturini.

A la maison, le cordonnier trouva la voisine dans la chambre, elle lui fit signe de ne pas faire de bruit et de marcher sur la pointe des pieds, car l'accouchée venait juste de s'endormir. Et l'enfant, devant lequel les péchés du monde s'inclinaient, se trouvait dans un baquet et la voisine était en train de lui frictionner la peau avec du suif.

L'enfant fut baptisé un jeudi, et le lendemain la femme du cordonnier vint dans l'atelier avec un seau d'eau pour frotter le sol. Le cordonnier était assis sur son tabouret mais il ne travaillait pas, et la femme lui adressa un regard inquiet, car depuis des jours il n'avait pas dit un mot, il restait là, assis, et regardait fixement devant lui, les yeux dans le vague, et elle ne pouvait s'expliquer ce changement dans son caractère.

Elle plongea sa serpillière dans le seau et, tout en la tordant, elle se mit à rapporter différentes nouvelles dont elle avait eu vent ces derniers jours, car elle espérait ainsi pouvoir faire sortir le cordonnier de son mutisme.

« Le marchand de blé veut faire raser sa maison pour en construire une nouvelle, bien plus grande, dit-elle. Il ne sait vraiment que faire de son argent. Quand on pense à ce que va coûter la maçonnerie à elle seule. »

Le cordonnier ne répondit rien, et la femme frotta le sol avec la brosse et la serpillière et poursuivit :

« On entend à nouveau tellement parler de vols dans les dépôts, et on pille aussi les boulangeries, et pourtant il y a des guets et des gardiens et des commissions et tout cela ne sert à rien : les pauvres gens prennent leur pain là où ils peuvent, et ils ont raison. Vu que la récolte a été bonne, parce qu'il a fait beau temps, et ce renchérissement, ce sont les usuriers qui l'ont provoqué. On veut mettre un nouvel impôt sur le safran, c'est la femme de l'épicier qui me l'a dit. »

Le cordonnier gardait le silence, et la femme devenait de plus en plus inquiète et son cœur de plus en plus lourd. Et comme elle ne voyait pas d'autre moyen pour l'égayer, elle se mit à parler du baptême, car elle pensait que cela devait lui faire plaisir d'en entendre parler.

« Vraiment, tout le quartier était à l'église, dit-elle. Ils étaient plus d'une centaine, j'avoue que je ne les ai pas comptés. Le marquis Caraffa était là aussi, celui qui a une croix en or et un ruban doré, il est chevalier de l'Ordre de Saint Janvier. On me l'a montré. Mais peut-être que ce n'était pas à cause de nous qu'il était là, mais seulement parce qu'il va tous les jours à l'église de l'Immaculée Conception, il ne nous connaît même pas, ou alors est-ce que toi tu le connais? Il paraît que le roi veut l'envoyer cette année chez le Saint-Père, avec le cheval blanc d'apparat et sept mille ducats. Bien, qui est-ce qu'il y avait encore : le tailleur! Le tailleur de la rue des Capucins, celui avec lequel tu as eu des mots, tu l'as traité d'escamoteur. Lui aussi était à l'église. Il pensait que je ne pouvais pas le voir, parce qu'il se tenait tapi dans le coin, mais je l'ai bien reconnu. Qu'est-ce que j'étais fatiguée, pour un peu je me serais endormie debout. »

Et les pensées de la femme allèrent à son enfant, dans la chambre, elle tenait la serpillière dans sa main et elle oublia son travail, et l'eau se répandit sur le sol en minces ruisselets.

« Il dort, dit-elle. Je lui ai donné à boire et maintenant il est dans sa corbeille et il dort. N'est-ce pas curieux que nous soyons trois tout d'un coup? »

Le cordonnier fixait le sol en silence et ne répondit rien.

« Dans trois ou quatre ans, tu l'enverras chercher du tabac à priser de l'autre côté de la ruelle, continua la femme. Le temps passe vite. " Pour le père, cent grammes de tabac du Maroc, mais du meilleur ", dira-t-il, je l'entends déjà. Aujourd'hui il ne peut ouvrir la bouche que pour crier. Il n'aime pas la lumière. Il faut voir comme il ferme les yeux quand le soleil lui éclaire le visage à midi. Dans trois semaines, la corbeille sera peut-être déjà trop petite pour lui, il faudra bientôt que j'en trouve une autre. Il n'a pas beaucoup de cheveux, et ses sourcils aussi sont tout minces.

– Quand il sera mort, je lui ferai chanter de belles vigiles des morts », dit soudain le cordonnier.

Effrayée, la femme sursauta et la serpillière mouillée tomba sur le sol en claquant.

« Dieu Tout-Puissant, qu'est-ce que tu racontes! s'écria-t-elle. On ne plaisante pas avec ces choses-là. Je ne sais pas ce qui te fait penser des choses pareilles. Des vigiles! A Dieu ne plaise, qu'il soit même préservé de la teigne. »

Poussant un léger cri, la femme se réveilla en sursaut dans la nuit, elle avait entendu chanter les vigiles en rêve, trois voix qui se lamentaient, et deux hommes avaient porté le cercueil, et elle avait vu le triste gazon vert du cimetière et la terre humide de la fosse fraîchement creusée. Et, heureuse que cela n'ait été qu'un rêve, elle se réveilla tout à fait et se mit sur son séant. Une lueur tombait sur son visage et elle vit le cordonnier debout au milieu de la chambre, une bougie dans une main, un oreiller dans l'autre. Et à la façon qu'il avait de se tenir là, pâle, penché en avant, la bouche grande ouverte et les yeux rivés sur l'enfant qui dormait, un léger sentiment de peur commença à gagner la femme. Elle ne comprenait pas encore ce que cela signifiait, mais les mots qu'elle avait entendus dans sa bouche le matin, et son rêve et l'oreiller dans sa main, tout cela l'emplissait d'une vague crainte et l'angoissait.

« Qu'est-ce que tu fais là? s'écria-t-elle. Il fait encore nuit, pourquoi t'es-tu levé? »

Le cordonnier tourna son visage vers elle et lui lança un regard furieux en fronçant les sourcils.

« Reste au lit et ne bouge pas! dit-il. Il le faut, à quoi bon parler.

– Qu'est-ce qu'il faut? s'écria la femme. Dieu ait pitié de moi, qu'est-ce que tu as en tête, qu'est-ce que tu veux faire avec ce coussin?

– Dieu le sait. Et toi, ne te mêle pas de ses affaires! l'apostropha le cordonnier. Reste au lit, te dis-je, et ne pose plus de questions, car il le faut. »

Au même instant elle sauta du lit et s'interposa entre lui et l'enfant. Un courant d'air froid traversa la chambre et la flamme de la bougie dans la main de l'homme vacilla. L'espace d'une minute, ils se firent face, muets, poitrine contre poitrine. Puis le cordonnier se détourna.

« Il fait froid, marmonna-t-il. Je me suis réveillé parce qu'il faisait si froid. J'ai pensé qu'il pouvait avoir froid, alors je me suis levé et voulais le couvrir. »

Il laissa tomber le coussin par terre et retourna dans son lit.

Mais la femme avait lu sur son visage la terrible vérité.

Et, tremblant de tous ses membres, elle alla prendre l'enfant dans sa corbeille et l'emporta dans son lit, et toute la nuit, elle le tint pressé contre elle, et elle ne ferma pas l'œil.

Au petit matin, le cordonnier quitta la maison et descendit vers le port pour chercher les trois brigands, car il avait quelque chose à leur dire.

C'était un jour froid et humide, une pluie battante tombait du ciel, dans les ruelles on ne voyait que peu de gens, et ils étaient pressés de trouver un abri. Les estaminets et les tavernes étaient pleins de monde, et le cordonnier alla à la Rose des Vents et à L'Œuf de bécasse et de là à L'Échelle de coupée, au Temple de Bacchus, à la Palombe bleue et à L'Île de Corse, il les chercha partout, mais ce n'est que tard dans l'après-midi que, trempé jusqu'aux os, il trouva les trois larrons à L'Oncle Pasquale, un petit bistroquet de faubourg où les paysans qui rentraient du marché avaient l'habitude de venir.

Le noble et l'abbé étaient assis à l'écart des clients habituels dans un coin, et ils jouaient aux cartes dans l'espoir qu'un des paysans trouverait goût au jeu et se joindrait à eux, car ils avaient besoin d'argent. Le capitaine muet était assis avec eux à la table, la tête appuyée dans ses mains, et il semblait dormir. Le cordonnier s'assit à leur table et regarda le jeu, et dans un premier temps, il se contenta de dire : « Coupe avec le roi! » ou : « C'est l'as de carreau qui donne! » Une heure s'écoula ainsi, jusqu'à ce qu'enfin la pluie eût diminué d'intensité et que les paysans eussent repris leurs paniers vides et se fussent remis en chemin.

Puis, lorsque l'estaminet fut presque vide, l'abbé jeta les cartes, car il pouvait s'imaginer sans peine que ce n'était pas à cause de leur jeu que le cordonnier avait abandonné son travail et était venu les voir à l'auberge.

« Apportes-tu de l'argent, cordonnier? demanda-t-il. Aujourd'hui, je n'ai d'oreilles que pour l'argent, je veux savoir où on peut en trouver. Si tu le sais, parle, et sinon, déguerpis!

– De l'argent, oui! chuchota le cordonnier, et il regarda furtivement autour de lui pour s'assurer que personne d'autre ne pouvait l'entendre. Une belle somme. Il y a quarante écus à gagner.

– Quarante écus! s'exclama l'abbé en chevrotant de plaisir. Vous entendez, Sir Thomas, quarante écus! Moi et mon honorable ami, Sir Thomas, depuis deux jours nous n'avons pas la moindre petite rondelle de cuivre en bourse, et même le capitaine a les poches vides. Et nous, on est restés là à regarder ces paysans soûls s'en mettre plein la lampe comme des muletiers. Et pas un d'entre eux n'a été assez généreux pour nous proposer une chopine de vin. Tout ce qu'ils savent faire, c'est venir s'asseoir à la taverne et frapper du poing sur la table et jurer par le corps du Christ, voilà toute leur christianisme...

– Assez bavardé, gargouilla l'Anglais. Cordonnier, qu'en est-il de ces quarante écus?

– Les voici, dit le cordonnier en montrant sa poche du doigt. Voilà, je les ai apportés. Seulement, il y a encore un petit travail à accomplir avant que je vous donne l'argent. »

Encore une fois, il regarda craintivement autour de lui, puis, après s'être assuré que personne ne l'observait, il fit sous la table le geste de frapper, et sa main tremblait et son front était moite de sueur.

Le noble regarda l'abbé et l'abbé le noble, ils se firent un signe de la tête et se mirent à rire et l'abbé chevrota tout réjoui :

« Comprenez-vous, Sir Thomas? Le cordonnier a une femme, et la femme a un amant, et l'amant doit recevoir trois pouces d'acier dans le corps, afin que chacun ait sa part de la galette de noces. Cordonnier, dis-moi : est-ce un gentilhomme? Dans ce cas, c'est l'affaire de notre capitaine, car il tire l'épée comme un vrai diable. »

L'homme vêtu de noir releva lentement la tête et examina le cordonnier d'un œil scrutateur.

« Notre capitaine, continua l'abbé, est lui-même de noble naissance, je ne sais plus de quelle grande maison de Pise ou de Florence. Et il sait manier l'estoc comme toi l'alêne. »

Le cordonnier secouait la tête.

« Celui dont il s'agit n'est pas un gentilhomme, dit-il. Non, il est de très modeste naissance.

– Dans ce cas, ce n'est pas une affaire d'estoc, fit l'abbé. Notre capitaine ne se bat pas avec le bas peuple. Cordonnier, pour quarante écus, je vais te donner une poudre, celui qui l'avale passe de vie à trépas et pas un médecin ne peut trouver quoi que ce soit. Du mercurius sublimé, une poudre blanche, ça ressemble à du sel. Le mieux, c'est de la mettre dans un pâté de volaille.

– Il ne mange pas de pâté de volaille, dit le cordonnier à voix basse.

– Alors dans des crêpes, suggéra l'abbé.

– Il ne mange pas de crêpes non plus.

– Alors va-t'en au diable, triple buse! Verse-la dans un verre de vin et la cause est entendue.

– Il ne boit pas de vin non plus.

– Quoi? s'écria l'abbé. Il ne boit pas de vin? Dis-moi, ta femme, elle ne se serait pas oubliée avec un Turc par hasard?

– Peu importe qui c'est! gargouilla l'Anglais. Fais-moi voir les quarante écus, et il aura son compte. Qu'il soit maure, turc ou tzigane, il suffit que je sache où le trouver.

– Si vous venez cette nuit dans ma maison, je vous le montrerai, dit le cordonnier. Je laisserai la porte ouverte. Mais cela doit se passer sur l'instant, il ne faudra pas poser de questions, parce que ma femme...

– Envoie d'abord les quarante écus! le coupa l'abbé. Compte-les devant nous sur la table! Tu verras, il n'aura pas le temps de dire son nom. Il n'aura même pas le temps de dire : je suis Un tel ou Un tel. Est-ce qu'il est grand de stature ou petit?

– Petit, très petit, dit le cordonnier tristement. Croyez-moi, vous n'aurez pas grand-peine avec lui. Ah! je l'aurais bien fait moi-même mais, Dieu sait, je n'ai pas pu m'y résoudre.

– Petit ou grand, dit l'abbé, ça ne change rien au prix convenu. Des fois, tu sais, les petits poissons sont les plus difficiles à attraper. »

Dès l'instant où il eut la certitude qu'il avait été désigné et élu pour sauver l'humanité de son pire ennemi, l'Antéchrist – dès cet instant, le cordonnier avait été dans une incessante agitation, car la pensée qu'il allait devoir être l'exécuteur de la volonté divine sur son propre enfant le faisait frémir. C'était parce qu'il craignait de succomber à la peur, au chagrin et à l'irrésolution, qu'il avait appelé les trois brigands à la rescousse. Et maintenant que la chose n'était plus entre ses mains, il se sentait soulagé.

Il ne lui restait plus qu'une seule chose à faire : il lui fallait dire à sa femme la vérité sur l'enfant qu'elle avait mis au monde. Il n'avait pas le droit de lui dissimuler plus longtemps que c'était la ruine du monde qu'elle couvait de son amour et nourrissait de son lait dans sa chambre. Et quand elle apprendrait la vérité, elle devrait approuver et laisser faire ce qui, d'après le décret de Dieu, devait être fait, le cordonnier n'en doutait pas. Car elle avait toujours été une femme obéissante envers lui, la parole du cordonnier avait toujours fait autorité dans la maison, et il n'y avait jamais eu de querelles entre eux.

Lorsqu'il rentra, il faisait noir dans l'atelier, mais il y avait de la lumière dans la chambre. La femme avait mis de l'eau à chauffer sur le fourneau, car elle voulait baigner l'enfant. Elle lui retira ses langes et le souleva, et le tenant à bout de bras, elle lui donna toutes sortes de noms bizarres :

« Qu'est-ce que j'ai là, hein? dit-elle en jetant dans l'eau du bain des fleurs de camomille, parce qu'elles sont bonnes pour la croissance des cheveux, et une poignée de graines de fenouil, car elles préviennent la gale. Qu'est-ce que j'ai là? Un petit écureuil, une fauvette, un coucou. Reste tranquille, sinon je te le dis, je te laisse tomber. »

Le cordonnier se tenait près du fourneau, car ses vêtements étaient trempés de pluie. Il lui sembla qu'il était temps de dire à sa femme toute la vérité, mais il ne savait pas comment commencer, et ces joyeuses paroles lui faisaient mal au cœur. Et, se tenant là, il lui sembla que les yeux de l'enfant étaient braqués sur lui, un frisson le parcourut, il se détourna et, troublé, il marmonna :

« C'est lui. Le saint ne m'a pas menti. C'est bien lui. Comme il me regarde! Le mystère de l'infamie commence déjà à poindre dans ses yeux.

– C'est un petit escargot tout nu que j'ai là, dit la femme à l'enfant. Un poisson, une souris, une petite souris d'eau toute mouillée.

– Malheur à nous, pourquoi Dieu nous a-t-il réunis? gémit le cordonnier. Nos péchés se révèlent dans cet enfant.

– Ça fait plaisir, babillait la femme en versant de l'eau sur le dos de l'enfant. Tu aimerais bien rire et tu ne le peux pas encore, mais tes doigts, tu peux déjà les bouger. Tu veux boire l'eau? Laisse, te dis-je, laisse donc, gros bêta, mon tout-petit. »

Le temps passait, et le cordonnier rassembla tout son courage.

« Retire l'enfant de l'eau, dit-il d'une voix rauque. Retire-le et dis-lui adieu. Il faut qu'advienne ce que Dieu a décrété contre nous.

– Mon gros bêta, mon tout-petit, bredouilla la femme glacée d'épouvante en retirant l'enfant de son bain et en le pressant contre elle, et une peur qui la pétrifiait s'empara d'elle.

– Sache, dit le cordonnier en reprenant son souffle, que l'enfant que tu tiens dans tes bras est l'Antéchrist. Il n'y a pas de doute à ce sujet. Il est venu au monde en tant que fils d'un assassin et d'une religieuse échappée du couvent, comme cela a été prédit depuis longtemps. Il en est ainsi, hélas. Moi-même, j'ai vu de mes propres yeux les livres saints où tout cela est écrit. Il doit disparaître, sans quoi un inexprimable malheur s'abattra sur la foi et sur la Sainte Église de Dieu. »

La femme n'avait pas compris un mot de tout cela,

elle savait seulement qu'il était question de son enfant et que le cordonnier projetait quelque chose de terrible.

« Ne t'approche pas! lança-t-elle d'un ton menaçant, sans desserrer les dents. Je te préviens, ne t'avise pas de le toucher!

– Ça ne sert à rien, dit tristement le cordonnier. Crois-moi, moi aussi j'en meurs de chagrin. Mais pour le salut de nos âmes, il faut que cela s'accomplisse.

– Reste où tu es! lui cria la femme. Je ne souffre pas que tu le touches.

– Tu ne le souffres pas? s'écria le cordonnier en se mettant en colère. Qui est-ce qui commande ici, hein, toi ou moi? Qui est-ce qui apporte le pain et qui paie les impôts, et qui est-ce qui se donne de la peine et travaille durement du matin au soir avec le ligneul et le cuir?

– Et qui est-ce qui fait la cuisine? rétorqua-t-elle en criant, et qui est-ce qui balaie, qui reprise et fait le ménage et donne à manger aux mulets? »

Ils se faisaient face, hors d'haleine, puis la femme vit les veines gonflées par la colère sur le front du cordonnier et elle revint à la raison et se rendit compte qu'elle était bien faible et que par la violence elle ne pourrait rien faire contre son mari furieux. Aussi essaya-t-elle de l'amadouer par de bonnes paroles.

« Écoute-moi, le pria-t-elle, et ne te mets pas en colère. Comme on prie la sainte Croix et l'hostie et le tabernacle, je t'en supplie : aie pitié de lui, pour l'amour de Dieu, que veux-tu lui faire? c'est bien aussi un être humain, comme toi et moi, et il est encore si petit.

– Femme! s'écria le cordonnier. Dieu t'a-t-il donc frappée d'aveuglement pour que tu ne reconnaisses pas l'Antéchrist? Tu devrais déjà le reconnaître en ceci qu'il est venu au monde le soir de Noël, notre enfant, fils d'un assassin et d'une religieuse qui s'est enfuie du couvent, car c'est exactement ainsi que cela a été prédit dans les Écritures. Dieu soit loué de m'avoir envoyé son saint pour me montrer le droit chemin, ce saint Jean-là.

– Ce saint Jean? Il me fait un beau saint, celui-là. Pendant toute sa vie, il a eu une langue de vipère, il a dit du mal de tout le monde et ça ne lui a pas porté bonheur.

– Tu te trompes de personne, fit le cordonnier. Ce n'est pas le saint Jean auquel tu penses, mais un autre, j'ai même su lequel. Et ainsi, il est certain que cet enfant est l'Antéchrist...

– Il se peut que ce soit l'Antéchrist! s'écria la femme, désespérée, mais c'est mon fils, c'est moi qui lui ai donné la vie, et pour rien au monde...

– Silence! dit le cordonnier en tendant l'oreille. Je crois que c'est eux. Oui, ils sont venus. »

La porte s'ouvrit et les trois brigands entrèrent dans la chambre.

En premier entra l'Anglais avec son chapeau à plume et sa perruque, il tenait son épée dégainée à la main et fouillait la chambre du regard, mais à part le cordonnier, la femme et l'enfant, il n'aperçut pas âme qui vive. Derrière son dos apparut le petit abbé, et avec lui entra dans la chambre une odeur de morue cuite.

Le troisième, le capitaine muet, se tenait appuyé contre le montant de la porte. Il avait les bras croisés sur la poitrine et le regard rivé au sol, et son pâle visage restait dissimulé dans l'ombre.

« Cordonnier, où l'as-tu mis? chevrota l'abbé. Qu'il sorte. Je ne lui ferai rien, je suis seulement venu pour lui donner l'absolution. »

Les quartiers de lard qui pendaient au plafond guidèrent ses pensées dans une autre direction.

« Vous avez assez à manger, fit-il. Avec ça, vous pouvez tenir jusqu'en avril. »

La femme avait couché son enfant à la hâte dans son lit. Elle vit qu'elle devait maintenant faire face à quatre hommes, et la colère du désespoir s'empara d'elle. Elle chercha des yeux une arme autour d'elle et tomba sur la hachette qui se trouvait encore sur le fourneau, parce que dans l'après-midi elle avait fendu du bois.

« Scélérats! cria-t-elle. Ah! Vous revoilà? N'y a-t-il donc point d'infamie à laquelle vous ne soyez mêlés? Déguerpissez, gibiers de potence! Pour l'amour de Dieu, partez, que vous a-t-il donc fait, mon enfant?

– Ah! toi, tais-toi! dit l'abbé d'un ton hautain. On en entend de belles sur ton compte. Tu as juré fidélité à ton mari, et voilà qu'il te trouve auprès d'un autre, et tu oses encore jouer la sainte nitouche! Fi de ces bonnes femmes! Où est-ce que tu l'as caché, ton amant? Allez, fais-le sortir! »

La femme en resta interdite, elle ne savait que dire. Et le cordonnier rougit.

« Qu'est-ce que c'est que ces insultes? cria-t-il à l'adresse de l'abbé. Tu devrais avoir honte de parler ainsi. Gare à toi, si tu continues je vais te frotter l'échine, moi. Ma femme n'a pas d'amant, qui dit cela est un menteur. Je n'en connais aucun.

– Quoi? s'écria l'abbé. Ce n'est pas toi-même qui as dit que tu l'as trouvée au lit avec un mulâtre, cette infidèle, et qui plus est avec un circoncis qui ne mange pas de viande de porc?

– Je n'ai rien dit de tel, gronda le cordonnier. Il me semble que tu veux être rossé.

– Assez bavardé, dit l'Anglais en jetant son chapeau à plume sur la table. Nous sommes là pour l'envoyer quatre pieds sous terre, qu'il ait couché avec ta femme ou avec une autre. Où l'as-tu mis? Je ne le vois pas. »

Le cordonnier respira profondément, puis il se retourna et désigna de la main l'enfant qui dormait paisiblement dans son lit malgré tout ce bruit, et sur la joue duquel il y avait encore une feuille de camomille humide du bain.

« Le voici », dit-il.

L'abbé eut l'air étonné et l'Anglais se tenait là, l'épée nue au poing, et n'en revenait pas.

« Un enfant, gargouilla-t-il.

– Un enfant », chevrota l'abbé.

Le cordonnier poussa un soupir. Tremblant de tous ses membres, la femme se dressait devant le lit et était pâle comme la mort, mais elle tenait solidement la hachette à deux mains.

Le capitaine muet se redressa lentement et fit un pas en avant. Il était maintenant éclairé par la lueur du fourneau. De ses yeux sombres, il regarda fixement la femme et dans son pâle visage pas un muscle ne bougea.

L'Anglais retrouva lentement la parole.

« Par tous les diables, Don Cecco, qu'est-ce qu'il veut dire par là? demanda-t-il.

– Je pense que nous avons été payés, Sir Thomas, répondit l'abbé. Et nous n'avons pas à nous soucier d'autre chose.

– C'est là une fort méchante affaire, Don Cecco, entendit-on par-dessous la moustache rousse.

– Vous n'avez pas à poser davantage de questions, comment et pourquoi, c'était convenu! s'écria le cordonnier. Vous devez faire ce que je vous ai chargé de faire. Vous avez empoché les quarante écus. »

L'Anglais ne daigna pas répondre au cordonnier.

« Vous savez, Don Cecco, commença-t-il, que je suis soldat. J'ai participé à sept campagnes, en Allemagne, en Espagne et en Lombardie. Et quand je porte des estocades, je veux aussi avoir à me défendre, sinon je n'ai point de plaisir à la chose. Et je pense que celui-là ne va pas bien se défendre.

– Il y a du vrai là-dedans, Sir Thomas, dit l'abbé.

– C'est pourquoi je pense que ce n'est pas une chose pour moi, mais bien plutôt une chose pour vous, Don Cecco.

– Fort juste, Sir Thomas. Mais je compte sur vous pour me tenir cette femme à distance respectueuse. Car je suis d'une nature paisible et elle a, comme je vois, une grosse hache à la main.

– En avant! dit l'Anglais sans bouger de place.

– Eh bien, allons-y! » commanda l'abbé.

A cet instant, le capitaine muet leva la main.

Il se passa la main sur la joue droite, désigna d'un doigt son cou, gonfla les joues, serra le poing et saisit son menton de l'autre main. Puis il se détourna pour partir.

L'Anglais rengaina son épée, prit son chapeau à plume sur la table, cracha par terre et dit :

« Nous partons. Le capitaine l'a ordonné. Il dit que nous nous battons avec des hommes, mais nous ne nous battons pas avec des femmes et des enfants, dit-il, et c'était mon opinion dès le début. Je dois te rendre les quarante écus, les voici, compte-les, mais il n'y en a plus que trente-deux, parce que nous avons payé nos dettes à l'Oncle Pasquale et nous nous sommes fait servir de la morue et des navets. Adieu, cordonnier. »

Puis il jeta l'argent sur la table et sortit.

« Dieu te bénisse! s'écria la femme, encore à demi morte de peur, et pourtant heureuse, à l'adresse du muet, mais celui-ci était déjà dehors et ne l'entendait plus. Je t'ai toujours pris pour un gredin, mais Dieu sait, tu es un gentilhomme. Le ciel te le rende! Mais pourquoi fais-tu donc cet indigne métier de voleur? il te conduira au gibet, je le crains. Renonces-y! Je te remercie mille fois, et de ma vie je n'oublierai jamais ce que tu as fait pour moi. Quant à toi, qu'est-ce que tu fais encore ici? pourquoi est-ce que tu ne t'en vas pas? »

Le petit abbé se trouvait toujours dans la chambre, il souriait et se frottait les mains.

Il attendit jusqu'à ce qu'on n'entendît plus les pas des deux autres. Puis il fit un signe de tête familier au cordonnier et dit :

« Ce sont de bons bougres, les deux, mais malheureusement, comme tu l'as vu toi-même, ils n'ont pas toute leur tête. On a bien du souci avec eux. Pour moi, vois-tu, ce n'est qu'un détail, et si tu me donnes les quarante écus...

– Mets-le à la porte, Lippo! cria la femme glacée d'effroi.

– Ce qu'il y a seulement, continua l'abbé, c'est qu'elle a une tête de plus que moi, et en plus elle tient encore la hache...

– Ne l'écoute pas! s'écria la femme. Pour l'amour du Ciel, ne l'écoute pas, dis-lui de partir! »

Le cordonnier se retourna. Il vit l'arme dans la main de la femme et fronça les sourcils.

« Donne-moi cette hache », ordonna-t-il.

Elle lui adressa un regard douloureux et ne bougea pas. L'enfant s'était réveillé, il battait des mains dans l'air et se mit à crier. Il avait faim.

« Donne-moi cette hache », répéta le cordonnier d'un ton plus menaçant et en élevant la voix, et il se dirigea vers elle.

La femme vit alors que tout était perdu, le désespoir s'empara d'elle, elle ne pouvait plus rien faire. Et elle laissa tomber la hachette par terre.

« Qu'il parte, bredouilla-t-elle. S'il le faut, je vais le

faire moi-même, je te le promets. Mais je t'en supplie : renvoie-le, je ne veux plus le voir. »

Le cordonnier la regarda, il ne savait pas s'il devait la croire ou non. Et elle continua :

« J'ai toujours été une bonne épouse pour toi. Ne sois pas en colère contre moi, c'est mon enfant. Tu le sais bien, j'ai toujours agi en toute chose selon ta volonté. Et s'il le faut – laisse-moi encore l'enfant cette nuit, et dès le matin, tu dormiras encore – Mais celui-là doit partir, renvoie-le! »

L'enfant continuait de crier. Le cordonnier se tourna lentement vers l'abbé.

« Va-t'en! dit-il. Prends l'argent et déguerpis, je n'ai plus besoin de toi. »

Puis il retourna vers sa femme et posa sa grosse main brune, aussi légèrement qu'il pouvait, sur le sommet de sa tête.

« Console-toi et cesse de pleurer, dit-il. Crois-moi, cet acte sera inscrit tout en haut dans les livres de Dieu. »

Toute la nuit, le cordonnier resta seul dans l'atelier. Une heure durant, il entendit la femme aller et venir dans la chambre, se lamenter, pleurer et parler à l'enfant. Puis ce fut le silence de l'autre côté. Et le cordonnier pensa que la chose était faite, il se glissa vers la porte et tendit l'oreille. Mais il entendit des bruits de respiration calmes et réguliers. La femme dormait.

Elle se réveilla tard dans la matinée, se leva et vint dans l'atelier. Et la première chose qu'elle fit fut de prendre le balai dans un coin et, comme tous les jours, de se mettre à balayer le sol, et ce faisant son visage était calme et paisible, on ne pouvait déceler en elle la moindre agitation, il y avait presque de la gaieté sur son visage, comme si elle revenait tout juste du confessionnal.

Le cordonnier l'observa quelque temps, il ne savait que

penser du fait qu'en un tel jour, elle pût se livrer aussi tranquillement à ses travaux ménagers, et finalement il lui demanda :

« Est-ce fait? »

La femme s'arrêta, le regarda, sourit et secoua la tête.

« Parle bas, dit-elle. Il dort encore.

– Il dort encore! s'écria le cordonnier. Et que m'as-tu promis hier?

– Lippo! dit la femme très calmement en posant le balai contre le mur. Ton saint Jean n'a pas dit la vérité. Il ne faut pas le croire en tout. Tout ce qu'il dit n'est pas parole d'Évangile. Non. Cet enfant n'est pas l'Antéchrist.

– N'est pas l'Antéchrist? s'écria le cordonnier avec colère. Tu veux encore une fois le savoir mieux que tout le monde! Ne t'es-tu pas enfuie du couvent, hein?

– Oui. Je me suis enfuie du couvent, dit la femme toujours avec le même calme. Je me suis enfuie parce que le travail était trop dur pour moi. Tous les jours... enfin, tu le sais bien. Et c'est mon enfant, certes. Mais son père n'est pas un assassin, non, son père est un homme très savant qui a prêché la parole de Dieu dans tout le royaume, et partout on lui a rendu le plus grand respect. »

Le cordonnier la regardait fixement, la bouche ouverte. Et elle continua :

« Je ne te l'aurais jamais dit, mais puisque tu le veux ainsi, je vais te le dire. Ce n'est pas toi le père. Et ton saint Jean ne l'a pas su non plus, car les saints, là-haut, ils ne peuvent vraiment pas savoir qui est le père de chaque enfant.

– Je ne suis pas le père? » balbutia le cordonnier. La torture des derniers jours l'abandonna et un sentiment de soulagement le submergea, une profonde félicité, parce que cet enfant était un enfant comme les autres, et qu'il n'était pas tenu d'attenter à ses jours.

« Je ne suis pas le père! » marmonna-t-il, puis il regarda autour de lui dans l'atelier, et dit :

« Le cuir est là. Cela fait trois jours que je ne l'ai pas touché. Maintenant, je ne sais par où commencer. Et dans une heure, le marchand de vin va venir réclamer ses chaussures. Je me suis mis dans un bel embarras. »

Il ouvrit prudemment et sans faire de bruit la porte de la chambre et contempla pendant une bonne minute l'enfant qui dormait.

« Il va bientôt se réveiller, murmura-t-il en refermant la porte. Il remue déjà les mains. Quel air, dans cette chambre! Donne-lui donc tout de suite quelque chose à boire et ne le laisse pas crier longtemps! »

Soudain, il prit conscience que, si ce n'était pas lui le père, sa femme avait dû le tromper avec un autre homme, et il se mit en colère.

« Mais alors, je suis cocu! » dit-il.

La femme ne répondit pas.

« Alors comme ça, je suis cocu! répéta-t-il avec une fureur contenue et croissante. Mais par tous les diables, c'est qui, le père, hein, et comment ça s'est passé?

– Le père est le curé de Montelepre, mais je te l'ai déjà dit, répondit la femme. Et comment cela s'est passé? J'ai péché. A l'époque, dans la nuit, la veille de notre mariage, il avait tant plu à Montelepre, j'avais mis mes vêtements à sécher au-dessus du fourneau, et monsieur le curé est venu dans la cuisine – je ne sais pas moi-même comment cela s'est passé.

– Ah! ce faux cul de calotin! cria le cordonnier. A confesse, il vous dépeint tous les diables de l'enfer, et lui-même, dès qu'il aperçoit un jupon, il en oublie Dieu et la Sainte Trinité, les patriarches et le paradis, le diable et tout le reste! Ah! je vais lui montrer de quel bois je me chauffe! Il peut compter ses abattis, c'est moi qui te le dis! Il ne l'emportera pas au paradis.

– Lippo! s'écria la femme effrayée. Laisse donc, il y a déjà si longtemps, qu'est-ce que tu veux lui faire, à monsieur le curé, cela fait longtemps qu'il n'y pense plus.

– Cette satanée bedaine de calotin! Ah! il n'y pense plus? Eh bien, moi, je vais lui rafraîchir la mémoire!

– N'oublie pas, Lippo, qu'il représente la Sainte Église.

– Eh bien, je vais lui caresser les côtes, moi, à la Sainte Église, elles vont tellement bleuir que le Christ lui-même ne s'y reconnaîtra pas! menaça le cordonnier. Quant à toi, tu ne perds rien pour attendre, tu auras ton compte aussi! »

Et il alla chercher un gros bâton de chêne bien rond qui se trouvait dans l'écurie et dont il se servait quand les mulets se montraient rétifs.

« J'y vais, dit-il alors. Ah! ce sagouin de calotin! Ce maroufle! Quand le marchand de vin, Tagliacozzo, viendra, dis-lui que ses chaussures ne sont pas encore prêtes, qu'elles donnent beaucoup de travail. Je n'ai même pas commencé à m'en occuper, mais tu n'as pas besoin de lui dire ça. Il n'a qu'à attendre, de toute façon, il me doit encore de l'argent. Et toi, va donner à boire à l'enfant, entends-tu? Il est réveillé. »

Puis il prit le chemin de Montelepre.

Il se l'était toujours imaginé comme un village imposant, avec murs d'enceinte et maisons des gildes, avec une place du marché aux belles proportions et une auberge, avec de belles allées et des clochers de pierre, mais lorsque, au bout de cinq heures de marche, il arriva au sommet de la montagne, il ne vit que quelques misérables cabanes dans lesquelles habitaient des chevriers : c'était Montelepre. Et la cure ne valait guère mieux.

Le curé n'était pas chez lui. Comme il avait déjà préparé

son sermon de dimanche, il était allé dans un village voisin, pour payer son dû à un meunier qui lui livrait le grain et la paille. Le cordonnier attendit, il s'assit sur le banc de bois qui se trouvait devant la cure et son regard tomba sur une ribambelle d'enfants qui jouaient dans le sable, et il remarqua qu'ils avaient tous des cheveux et des sourcils clairsemés, ils ressemblaient exactement à l'enfant de sa femme, l'enfant qu'il avait à la maison, à la différence près que ceux-ci étaient plus âgés. Et le cordonnier ne s'en étonna pas, cela montrait simplement que le curé frayait avec d'autres femmes et jeunes filles de sa paroisse, et plus le cordonnier y réfléchissait, plus sa colère augmentait contre ce prêtre indigne, et il frappa de son bâton la tête des laiterons en marmonnant :

« Ce bouc de calotin! Ce gredin! »

Enfin, le curé rentra, épuisé et hors d'haleine parce qu'il avait grimpé la côte à la hâte. Il tenait dans une main un lapin écorché et dans l'autre son mouchoir. Et son visage rond, fortement rougi, était tout mouillé de sueur. Il savait déjà que quelqu'un était assis devant sa maison et l'attendait, car un petit garçon avait couru à sa rencontre pour le lui dire. Mais il pensait que l'étranger était venu pour un enterrement ou un baptême ou peut-être pour acheter des fromages de chèvre. Et il n'eut même pas le temps de retirer son surplis, car le cordonnier se dressa devant lui, lui tenant son bâton sous le nez et lui criant :

« Calotin! Tu me fais un beau miroir de la sainteté! Dis-moi, qu'est-ce que tu as fait à ta servante?

– Je l'ai envoyée ce matin dans mon jardin, dit le curé effrayé. N'est-elle donc pas encore de retour? Isabetta! Isabetta! Si, elle est bien là. »

Et il donna le lapin à la vieille gouvernante qui était sortie de la maison en courant avec la corde à linge à la main, et il lui dit : « Voilà, prépare-le-moi avec un bouillon de vinaigre, de laurier, de thym et de fleurs de muscade, c'est ainsi que je le préfère. Le meunier dans la vallée m'en a fait cadeau, ce n'est pas tous les jours que l'on a quelque chose d'aussi bon. Il l'a pris au collet cette nuit.

– Je n'ai pas de fleurs de muscade, fit la gouvernante en regardant le lapin. Et j'ai aussi besoin de clous de girofle et de poivre en grain pour le bouillon.

– Eh bien, cours chez l'épicier à Capranica. Si j'y avais pensé, j'aurais pu te rapporter tout cela. Et toi? Qu'est-ce que tu lui veux, à ma servante?

– Ce n'est pas de celle-là que je veux parler, dit le cordonnier. Je veux parler de l'autre servante, celle que tu avais avant. C'est un bel exemple de conduite pieuse que tu donnes à tes ouailles!

– Celle que j'avais avant? Il est vrai que celle-là, je l'ai chassée, j'ai fini par en avoir assez d'elle. Non seulement elle buvait mon lait et me volait les œufs frais, mais en plus elle prenait dans ma poche les quelques pièces que les paysans m'apportent pour acheter un petit bout de chandelle. Et elle était bête et méchante. Et paresseuse. Elle traîne d'ailleurs encore dans la région, pas plus tard qu'hier je l'ai revue.

– Mais, combien de servantes as-tu eues, au juste? s'écria le cordonnier. On ne s'y retrouve vraiment plus. Non. Ce n'est pas de celle-là non plus que je veux parler, mais de celle que tu as été retrouver dans la cuisine, alors qu'elle était en chemise près du fourneau. En matière d'honnêteté, on ne fait pas mieux, je dois dire. C'était au printemps dernier, réfléchis un peu, tu vas bien t'en souvenir.

– Isabetta! cria le curé, et la servante qui s'était déjà mise en route revint en courant. Écoute bien! dit-il. A cause des inepties que me raconte cet homme-là, j'allais presque oublier l'essentiel. En allant chez le marchand, rapporte-moi aussi une demi-livre d'encens, je n'en ai plus un brin à la maison, et demain c'est dimanche. Et fais noter le tout, les clous de girofle et le poivre aussi! »

Puis il se tourna à nouveau vers le cordonnier.

« Quoi donc! fit-il sur un ton d'impatience. Je ne sais pas ce que tu me veux. Au printemps dernier, je n'étais pas ici. A l'époque, j'étais encore curé de Fontanilla, si ça te dit quelque chose, cela se trouve à deux jours de marche d'ici.

– Ah bon! ça ne fait donc pas tout à fait neuf mois que tu es ici, grogna le cordonnier. Ma femme ne m'a pas dit qu'il y avait un autre curé maintenant. Et l'ancien, où est-ce qu'il est? Parce que c'est lui que je cherche, j'ai deux mots à lui dire, à propos de sa servante.

– J'ai bien connu cet honorable vieillard, expliqua le curé. Il est mort, Dieu ait son âme. Il avait soixante-seize ans lorsqu'il a quitté cette vie. Pendant quarante-deux ans, il a eu charge d'âmes dans cette paroisse, et ne serait-ce que pour cela, il a mérité d'aller au ciel. Car elle est si pauvre et si aride que personne ne voulait s'en charger. Rien ne pousse dans cette rocaille.

– Quoi? s'écria le cordonnier. Ne suis-je pas à Montelepre? Mais où suis-je donc alors? Ah! ce fieffé coquin de calotin! Soixante-seize ans et toujours en train de courir après sa servante comme un vieux bouc?

– Tais-toi! s'écria le curé indigné. Qu'est-ce que tu racontes, as-tu perdu la tête? Bougre d'animal! Butor! Parle avec respect de ce prêtre en tout point vénérable, ou passe ton chemin! Dans les dernières années, il était presque complètement aveugle, et si faible qu'il pouvait à peine tenir son livre de messe.

– Mais il est impossible qu'il ait été si vieux, bredouilla le cordonnier intimidé.

– Je ne sais pourquoi tu t'obstines à contester ce que je dis, répondit le prêtre toujours très en colère. Je sais quand même bien l'âge qu'il avait. Et si tu ne me crois pas, je peux te le montrer dans les registres. »

Le cordonnier le dévisagea d'un air épouvanté. Il comprit enfin que sa femme avait inventé toute cette histoire avec le curé pour pouvoir mettre son enfant en sécurité.

Il resta là encore un instant, tout abasourdi, puis il se retourna sans dire un mot et reprit le chemin par lequel il était venu, et le curé le suivit des yeux en secouant la tête.

Tard dans la soirée, le cordonnier fut de retour dans la ville. Il était fatigué et avait faim, car il avait marché onze heures durant sans même prendre une bouchée de pain.

La ruelle des Vetturini avait ce soir-là un aspect étrange, tout autre. D'habitude, les gens se tenaient sur le pas de leur porte et bavardaient entre eux jusque tard dans la nuit. Mais ce soir-là, toutes les portes et les fenêtres étaient fermées, il n'y avait personne dans la ruelle. Seule une fenêtre s'ouvrit dans la maison de l'épicier au moment où passa le cordonnier, et l'ombre d'une main lui fit signe furtivement de prendre garde.

Le cordonnier ne prêta pas attention à ce signe. De loin, il vit que la porte de sa maison était ouverte et cela l'étonna. Il entra dans l'atelier et fit de la lumière. Soudain, il entendit un bruit. En se retournant, il vit trois sbires en uniformes royaux qui l'avaient attendu.

Ils se jetèrent sur lui. Il y eut une brève mêlée avec échange de coups de poing et de bourrades, puis ils l'emmenèrent.

A l'instant même où la porte du cachot se referma derrière lui, le cordonnier prépara son évasion. Le deuxième jour de sa détention, il réussit à se procurer une petite lime qu'il garda dans un petit sac de toile et porta toujours sur lui. Jour et nuit, il forgeait des plans. Mais ce n'était pas pour se venger de sa femme qu'il voulait s'évader, bien qu'il eût su que c'était elle qui l'avait dénoncé aux autorités. Non, c'était uniquement au nom de cette mission que Dieu lui avait confiée et qui n'était toujours pas remplie, mais il ne voulait pas se laisser abuser une deuxième fois par les ruses de sa femme.

Avec l'aide d'un voleur à la tire, dans la cellule duquel on l'avait jeté, il se mit à percer un trou dans le mur de son cachot. C'était un travail pénible qui n'avançait que lentement. Les deux détenus procédèrent avec tant de précaution que le gardien ne remarqua rien, bien qu'il vînt deux fois par jour dans leur cellule. Ils dissimulaient les gravats dans leur paillasse. Mais au moment où ils avaient presque fini leur travail, le soldat qui montait la garde dans la cour entendit un bruit qui lui sembla suspect. Il donna l'alarme et le pot aux roses fut découvert.

On mit le cordonnier dans une autre cellule où il fut gardé plus sévèrement que jusqu'alors, car l'on savait désormais qu'il fallait se méfier de lui. Mais à peine une semaine plus tard, il faisait une nouvelle tentative d'évasion en limant dans la nuit les barreaux en fer de sa fenêtre et en se laissant glisser le long du mur de la cour de la prison. Le mur avait plus de trente pieds de haut. Il sauta et se cassa la jambe. Lorsque, à l'aube, les gardiens lancés à sa poursuite ratissèrent la région, ils le trouvèrent caché dans les buissons.

Alité pour soigner ses blessures, il rédigea une lettre dans laquelle, d'un ton presque sévère, il exigeait qu'on lui rendît sa liberté. Il écrivait qu'il était aussi bien dans l'intérêt de l'Église catholique que dans celui de l'ordre public qu'on ne le retînt pas plus longtemps prisonnier. Cette lettre était adressée au roi, mais elle tomba entre les mains du procureur qui fit comparaître le prisonnier. Au cours de l'interrogatoire, le cordonnier reconnut avoir été envoyé aux galères pour meurtre et s'être évadé. Il ne voulut pas en dire davantage, et sur toutes les questions se référant à sa lettre, il resta muet.

Lorsqu'il fut tout à fait remis, on décida de le transférer sous les voûtes de Santa Catharina, dans une prison qui se trouvait à l'intérieur du pays et qui était réservée aux pires criminels. Au cours du transfert, il fit semblant d'être malade. Il avait avalé du jus de tabac pour provoquer un accès de fièvre. C'est ainsi qu'il trompa la vigilance de ses gardiens et parvint enfin à s'évader.

Six mois s'étaient écoulés depuis son arrestation. Il retourna à Palerme où il apprit que sa femme avait quitté la ville avec l'enfant et les mulets. Elle vivait maintenant dans la petite ville de Corleone. Elle avait trouvé du travail dans les vignes appartenant au domaine de la famille princière Alimberti, et c'est ainsi qu'elle pouvait subvenir à ses propres besoins et à ceux de l'enfant.

Le jour de la Saint-Pantaléon, vers midi, le cordonnier arriva à Corleone. C'était le temps de la canicule et les ruelles étaient presque désertes. Un petit garçon auquel il dit le nom de sa femme le conduisit à la modeste maison qu'elle habitait.

Elle n'était pas chez elle. Le cordonnier rôda autour de la maison, l'oreille tendue, aux aguets. Lorsqu'il eut la certitude que personne n'était dans les parages, il s'approcha de la fenêtre. Et la première chose qu'il vit fut un lit aux coussins rouges où dormait l'Antéchrist.

L'instant parut propice au cordonnier. Il ne réfléchit pas longtemps et essaya d'entrer dans la chambre par la fenêtre, mais l'ouverture se révéla trop étroite. Aussi se mit-il à l'agrandir, et avec beaucoup de patience, il retira le mortier et souleva les pierres, les unes après les autres.

Le barbier de la petite ville qui venait à passer le surprit dans ce travail. Il s'étonna, s'arrêta et observa un certain temps le cordonnier. Puis il alla vers lui et lui posa la main sur l'épaule, plus par curiosité que pour toute autre raison.

Le cordonnier fit volte-face et son visage se tordit en une grimace de colère. Il vit qu'une fois de plus quelqu'un était là qui voulait l'empêcher de venir en aide à l'Église et à la Sainte Foi. Et pour le faire fuir, il lui assena deux violents coups sur la poitrine et pensa ainsi avoir la paix.

Mais aux cris du barbier, d'autres gens accoururent, et deux gardes champêtres qui passaient par là par hasard arrivèrent eux aussi avec leurs sabres et leurs carabines, et dès que le cordonnier les aperçut, il fut persuadé que c'étaient les sbires qui l'avaient suivi jusqu'ici pour l'arrêter. Et sans hésiter ni perdre de temps, il se rua sur le plus grand des deux en distribuant coups et bourrades.

Le garde champêtre ne savait pas ce qui lui arrivait. Les coups pleuvaient. Et, s'apercevant qu'il n'avait pas affaire à un habitant de la localité, mais à un étranger, il se recula d'un pas, abaissa le canon de son arme et tira.

La balle atteignit le cordonnier en pleine poitrine. Il chancela, tomba à terre, essaya de se relever, tomba à nouveau et il crut voir le ciel s'obscurcir.

Le barbier, qui avait été assistant d'un chirurgien de régiment pendant la dernière guerre, détala ventre à terre lorsque le coup de feu claqua. Voyant maintenant que le forcené gisait à terre, il revint pour examiner la blessure.

Le cordonnier reconnut son ennemi. Rassemblant toutes ses forces, il se releva à grand-peine et tenta une dernière fois de s'échapper. Mais il n'alla pas loin.

« Reste allongé et ne bouge pas, lui dit le barbier. Je suis chirurgien, je ne te ferai rien. Je crois que tu es mal en point. »

Le cordonnier le sentait aussi. Sa bouche était pleine de sang et il ne pouvait pas respirer. Il allait mourir, il s'en rendait compte, et l'Antéchrist allait rester en vie et triompher en ce monde. Et une profonde amertume s'empara de lui, parce que les hommes dans leur aveuglement et leur déraison l'avaient empêché de vaincre l'Ennemi de Dieu. Et il concentra toute sa colère et sa déception en quelques mots, car il avait de grandes difficultés à parler.

« Toi et les deux autres, dit-il au barbier en montrant les gardes champêtres, et le procureur et les autorités et le roi, vous êtes tous une bande d'ânes... »

Puis il se raidit, cracha du sang et rendit l'âme...

Lorsqu'une heure plus tard, la femme rentra chez elle, le cordonnier gisait toujours sur le pas de sa porte. Au début, elle pensa que c'était un vagabond victime d'un coup de chaleur. Car il était hâve et avait les joues creuses, et on lui avait aussi coupé la barbe en prison. Avec humeur, elle reprocha aux gens de l'avoir abandonné si misérablement sous ce soleil de plomb, et elle courut chercher de l'eau dans la maison.

Ce n'est que lorsqu'elle vit les mains brunies et ridées, les deux creux entre les dents, la verrue au-dessus du menton et l'anneau d'argent à son oreille droite, qu'elle reconnut son mari et se jeta sur lui en poussant de grands cris.

Treize ans plus tard, un jour de juillet de l'an 1756, le savant abbé Don Livio di Credi, qui était au service du cardinal Rezzonico, vint à Corleone. Il était en route pour le monastère franciscain de Saint-Élia dans l'oratoire duquel on avait découvert un manuscrit grec. Il fit son entrée à Corleone dans un pitoyable état d'angoisse et d'épouvante, car peu de temps auparavant, il lui était arrivé une fâcheuse aventure.

Son chemin l'avait conduit auprès des ruines d'un édifice antique que la langue populaire appelait « gli grottoni ». Ces ruines se trouvaient à l'écart de la route, dans un fourré de chênes-lièges, de giroflées jaunes, de nerpruns et d'oléacées sauvages. L'abbé avait fait arrêter sa voiture et était descendu pour aller contempler les grands blocs de granit et les restes du revêtement de marbre. C'est alors que deux vagabonds aux allures menaçantes, de toute évidence associés pour dévaliser les voyageurs, s'étaient approchés de lui.

A demi mort de peur, il avait rejoint sa voiture. Et maintenant qu'il était à Corleone, et donc en sécurité, le souvenir de cette aventure continuait de lui peser. Et comme, d'autre part, sa voiture avait été quelque peu endommagée par cette course éperdue, il décida de ne pas poursuivre son voyage ce jour-là et de s'accorder une trêve dont profiteraient aussi son cocher et les chevaux. Il descendit à l'auberge A l'Amitié, qu'on lui avait désignée comme étant la meilleure du lieu.

Dès l'arrivée du curé, l'aubergiste se rendit dans la cuisine pour s'occuper lui-même du déjeuner, car ce n'était pas souvent qu'il avait un hôte aussi distingué. Pendant ce temps, l'abbé resta seul dans la salle d'auberge. Il était assis à la fenêtre et buvait de temps à autre une gorgée de son verre de vin. Et tandis qu'il observait la vive animation sur la place du marché de la petite ville, il retrouva peu à peu un sentiment de sécurité et de bien-être. Oui, il eut même envie de revoir les lieux de son aventure, car il croyait avoir reconnu dans l'un des fragments les vestiges de l'effigie en marbre de Cybèle.

L'aubergiste réapparut, et avec lui entra dans la salle un jeune garçon très beau, d'environ treize ans, qui se mit à dresser le couvert. Et l'abbé prit plaisir à l'observer. Puis il fit part à l'aubergiste de son intention de retourner aux « grottoni », et il le pria de lui procurer pour le lendemain une escorte de deux hommes vigoureux et bien armés.

« Mon valet va en ville demain de grand matin, pour

rapporter les fûts de vin vides, s'excusa l'aubergiste. Mais ce jeune garçon peut aussi vous conduire aux " grottoni ", il connaît très bien le chemin.

– Parlez-vous sérieusement? s'écria l'abbé. Cet enfant, qui a grandi dans l'ordre et la sécurité de cette paisible cité et n'a jamais été confronté à quelque danger, cet enfant serait censé me conduire en un lieu aussi mal famé, où l'on n'est même pas sûr de sa vie?

– C'est vrai! dit l'aubergiste. Dans notre ville règnent ordre et sécurité, et celui qui vit ici n'a guère l'occasion d'apercevoir jamais un brigand en chair et en os. Même dans les environs, ils ne se montrent que rarement. Quant aux deux personnages qui vous ont importuné, mon père, je ne sais vraiment pas qui ils sont, peut-être ne voulaient-ils que demander l'aumône. Je vous accompagnerai moi-même demain aux " grottoni ", si ma compagnie vous convient, et je peux aussi prendre mon fusil de chasse. Mais – il fit signe au jeune garçon de sortir –, mais, en ce qui concerne cet enfant, vous vous trompez, mon père. Dès l'instant de sa naissance, il a traversé plus de dangers que n'importe quelle autre personne dans toute sa vie. Et c'est un véritable miracle qu'il en soit réchappé. Son histoire vaut vraiment la peine d'être entendue, et si cela ne vous lasse point, j'aimerais vous la raconter, d'autant plus qu'il faut encore attendre un bon moment jusqu'au repas. »

Et il s'assit à la table de l'abbé et lui raconta l'histoire du cordonnier de la ruelle des Vetturini.

« Le plus étrange dans toute cette histoire, c'est que l'amour de cette femme pour son enfant se transforma plus tard en une totale indifférence, voire presque en haine, dit-il lorsque dans son récit il en arriva à la mort du cordonnier. Elle ne put pardonner au petit garçon le fait qu'à cause de lui, elle avait livré son mari aux sbires. L'idée que le cordonnier n'était pas venu à Corleone dans l'intention de tuer, mais seulement pour les revoir une dernière fois, elle et son enfant, cette idée s'était solidement ancrée dans son esprit. Quelque temps plus tard, elle disparut de la ville en nous laissant l'enfant. On n'a plus jamais entendu parler d'elle. Des gens qui l'ont connue disent qu'elle est retournée comme sœur converse dans son couvent, et qu'elle s'appelle à nouveau " Sœur Symphorosa de la lampe du Saint-Sacrement " comme par le passé. Si cela est vrai, quand elle chante ses laudes, il doit bien lui arriver quelquefois de penser au temps où elle cuisinait des bouillons de poule et des pâtes au fromage pour l'homme qu'elle aimait. Le petit Antéchrist alla chez un curé à la campagne, et celui-ci lui apprit à lire, à écrire et lui donna aussi quelques rudiments de latin. Plus tard, je l'ai pris chez moi, pour l'amour de Dieu, car la commune ne me paie presque rien. Et chez moi aussi, il a appris des choses utiles, toutes sortes de choses, ce dont on peut avoir besoin dans la vie : débarrasser la table, laver la vaisselle, balayer le sol et faire les lits. Il n'a pas à se plaindre chez moi, et ce n'est pas vrai que je le fais coucher à l'écurie avec les chevaux, ceux qui ont raconté cela sont des menteurs. Mais le voilà, mon père, vous pouvez vous-même lui demander si c'est vrai qu'il dort avec les chevaux. »

Le jeune garçon venait d'entrer dans la salle. Il tenait à la main une assiette de fromage râpé, car la soupe au riz était prête.

L'abbé lui fit signe de s'approcher et lui demanda :

« Comment t'appelles-tu, mon fils?

– Je m'appelle Joseph, mon père! dit l'enfant.

– Joseph. Et le nom de ton père? »

Le garçon ne répondit pas. Il devint tout rouge et se troubla à tel point qu'il faillit faire tomber l'assiette contenant le fromage.

« Il ne faut pas lui demander le nom de son père,

chuchota l'aubergiste à l'oreille de l'abbé. Il a honte de descendre d'un forçat. Son père s'appelait Peter Philipp Balsamo et venait de Pise. »

Le garçon jeta un regard timide en direction de l'abbé, comme s'il avait entendu ce qu'on venait de murmurer. Et l'aubergiste continua :

« Il s'est inventé un autre nom, un très beau nom, avec lequel il veut faire son chemin en ce monde. Il aimerait devenir prêtre, il sait déjà lire et écrire. Tenez, cette lettre... »

Il chercha dans ses poches, en tira une lettre et la tendit à l'abbé.

« Tenez, cette lettre, c'est lui-même qui l'a écrite et rédigée. Demain, le valet la prendra avec lui quand il ira en ville. Lisez-la, mon père! »

L'abbé déplia la lettre qui était adressée au directeur du séminaire Saint-Rochus de Palerme, mit ses lunettes et commença à lire.

« Qu'est-ce qu'il y a dans la lettre? demanda l'aubergiste plein de curiosité.

– "... Je n'ai pas d'autre bonheur, lut l'abbé, que de pouvoir me vouer tout entier à la Sainte Église. Ceci est mon seul et unique désir. Avec tout le respect d'une âme dévouée, je me jette à vos pieds, mon père. Je remets mon destin entre vos mains!... Votre fils conscient de son indignité et rempli de vénération, Joseph Cagliostro . " »

L'abbé rendit la lettre à l'aubergiste, se leva et posa ses mains sur la tête du jeune Cagliostro.

« Mon fils, dit-il, j'entends que tu veux devenir prêtre. En vérité, tu as choisi le bon chemin. Tu te détournes de l'agitation d'un monde qui est mauvais et plein de tromperies et de perfidies, plein de meurtres et de rapines. Dans quelle nuit d'incertitude vivons-nous! Tu as connu bien des choses terribles dans ta tendre jeunesse, mon enfant. Mais console-toi! Je vois ta vie se dérouler désormais dans la quiétude et la paix, et tu trouveras le vrai bonheur en conduisant tes ouailles sur le chemin du Bien, un pastor animae, un pasteur des âmes qui les aide à reconnaître les bienfaits de Dieu, Lui qui trône et règne dans les siècles des siècles, Amen!

– Amen! dit aussi l'aubergiste en ôtant son calot à la hâte. Voilà des mots qui réjouissent le cœur. Mon père, la soupe est sur la table. »

La lune rit

DES HISTOIRES intéressantes! fit le vieil avocat. Vous attendez trop de quelqu'un qui vit depuis quarante ans enterré dans ce trou de province. Que voulez-vous entendre, à vrai dire? Des affaires criminelles? Des procès compliqués? Les destins humains! Ma foi! Il est vrai qu'on en voit de toutes sortes. Il y a une histoire que je pourrais vous raconter, un cas étrange d'hypocondrie. L'histoire d'un homme dont les hallucinations grotesques se trouvèrent en quelque sorte légitimées par sa propre mort. Avez-vous jamais entendu parler du baron Sarrazin? Eh bien, écoutez, vous allez l'avoir, votre histoire. Si je me laisse entraîner à trop de digressions, faites-moi signe! N'oubliez pas que votre train part dans une heure et quart.

Les Sarrazin étaient originaires de Bretagne, dans le département du Morbihan, si je ne me trompe, il y a un village qui porte leur nom. Ils restèrent en France pendant la grande Révolution, un Sarrazin a trouvé la mort dans la guerre de Vendée. Ce n'est qu'après le retour des Bourbons qu'ils s'exilèrent, il semble que la gratitude ne faisait pas partie des vertus de Louis XVIII. Ils s'achetèrent une propriété dans notre région. Le manoir de Sleisnegg – il appartient aujourd'hui à un certain baron Froehlich, récente noblesse, il possède des usines de pâte à papier.

Les Sarrazin donc – j'ai connu le dernier d'entre eux. Je crois que chez lui, la maladie ne s'est déclarée que vers la quarantaine, après la mort de son enfant. Auparavant, il avait été officier de cavalerie, avait voyagé, s'était marié, sa femme vit d'ailleurs encore aujourd'hui, quelque part sur la Riviera, avec Dieu sait qui.

Après son mariage, il rencontra des difficultés financières, il n'avait jamais eu une gestion bien raisonnable. Il se mit à vendre, d'abord une parcelle de forêt, puis une autre, puis les vieux tableaux. C'est ainsi que j'entrai en contact avec lui, finalement c'est moi qui menai ses affaires. Un jour, il est venu me voir, nous avons bavardé sans faire attention à l'heure, la nuit tomba. A huit heures et demie, il alla à la fenêtre.

« Je n'ai pas envie de rentrer à Sleisnegg, dit-il. J'aimerais passer la nuit en ville. Pouvez-vous me recommander un hôtel? »

J'avais une chambre d'ami, je la mis à sa disposition. Il accepta en remerciant.

« C'est un soir tellement angoissant », dit-il en montrant le ciel.

Je regardai par la fenêtre.

« Je ne trouve pas, dis-je. La plus belle nuit étoilée. Pas un nuage dans le ciel.

– Oui, dit-il avec un léger frisson dans la voix. Pas un nuage dans le ciel et la lune nous regarde fixement – voyez avec quelle concupiscence elle nous observe. »

Et tout de suite après, le baron devint tout rouge et se mordit les lèvres.

« Et voilà, dit-il. Vous allez rire, bien sûr. Mais il n'y a pas de quoi rire, croyez-moi. C'est grave. Une maladie. Elle est en moi, dans mon sang. C'est héréditaire.

– Qu'est-ce qui est héréditaire, baron?

– La maladie. La crainte. La peur.

– La peur?

– Oui, dit-il en s'éloignant de la fenêtre. La peur de la lune. »

Pouvez-vous vous imaginer cela? Un homme, un géant, rompu à l'escrime, à l'équitation, à la course automobile, cultivé, tout à fait à la page, au fait des découvertes scientifiques, et il est là, devant moi, et tremble, parfaitement, il tremble et a peur de la lune.

Cette nuit-là, il est resté longtemps avec moi et a parlé comme on parle quand on s'efforce d'effacer une impression de gêne et de honte. Il parla de la maladie héritée de ses ancêtres. A l'en croire, ils avaient tous eu quelque chose à voir avec la lune. Il cita des passages d'une mystérieuse chronique de famille – on ne l'a pas retrouvée dans sa succession, elle n'a probablement jamais existé, il se peut aussi que sa femme l'ait emportée en France. J'ai noté quelques-unes de ces histoires.

Il y avait par exemple l'arrière-grand-père du baron, celui qui est mort pendant la guerre de Vendée. Avec une douzaine de ses amis, partisans du Roi, il fut assiégé par un régiment républicain dans son château de Les Hayes. Au cours de cette étrange guerre, qui fut un dernier sursaut du moyen âge, il y eut en effet des châteaux forts assiégés. Ils n'avaient plus de poudre et décidèrent de fuir. Par une sombre nuit pluvieuse, ils se laissèrent glisser le long de la muraille et, dissimulés par la végétation des bords de la rivière, ils atteignirent la forêt. Un seul ne réussit pas à fuir, le baron. Juste au moment où il se laissait glisser en dernier, la lune se profila à travers les nuages chargés de pluie, et sa lueur tomba sur l'endroit de la muraille où le baron était suspendu; il ne pouvait rien faire, ils le tirèrent, comme on tire un pigeon sur le toit.

Olivier de Sarrazin. Il était grand capitaine de la Couronne de France en guerre contre les Princes Électeurs luthériens du Palatinat. Vers l'an 1640. Dans la nuit qui précéda sa mort – d'après la chronique que je n'ai jamais vue –, Olivier de Sarrazin, dans le camp retranché près de Metz, avait fait bombarder la pleine lune pendant deux heures, à coups de couleuvrines de campagne et d'obusiers. Lui-même était assis devant sa tente et – scène extravagante! – tira en jurant sur la lune avec son lourd pistolet de cavalerie, coup après coup, sans arrêt, jusqu'à l'aube. Lorsque le lendemain soir, il entra dans la ville à cheval à la tête de son régiment, un projectile venu des hauteurs arracha son casque et lui fracassa le crâne. C'était un boulet aux reflets verdâtres, de la grosseur d'une pomme, une étrange pierre que personne ne connaissait, disait la chronique, et elle ajoutait : c'était comme si la lune avait riposté.

Maintenant, venons-en à Josselin de Sarrazin que Simon de Montfort, au cours des croisades contre les Albigeois, fit brûler comme hérétique sur la place de la cathédrale d'Aurillac. Imaginez-vous la vaste place et la foule des badauds, c'était vers midi, M. de Sarrazin se tenait sur le bûcher, la corde au cou, et le bourreau y mit le feu. « C'est alors que soudain, rapporte la chronique, contre la loi de Dieu, la lune narquoise apparut dans le ciel et, une bonne heure durant, observa tout à loisir la méchante affaire et, affichant aux yeux de tous une attitude pleine de morgue et on ne peut plus hostile, elle se montra fort satisfaite de la lamentable fin de M. de Sarrazin. »

Vous voyez, qu'elles trouvent leur origine dans la chronique ou qu'elles proviennent du cerveau malade du baron, ces histoires ont un point commun : il y a en elles une folle extravagance qui n'a rien de la naïveté des anciennes fresques historiques, et en outre elles montrent bien l'air, la véritable couleur de leur temps. Je m'y entends un petit peu, j'ai une prédilection pour les anciens livres, je les collectionne et je les lis dans les quelques heures de loisir que me laisse mon travail.

Le baron me faisait part de ces récits sur un ton légèrement ironique, à l'évidence il tenait à me persuader que lui-même ne les prenait pas au sérieux; ces récits avaient pour seul but de me prouver que cette maladie, la peur étrange de la lune, se transmettait de génération en génération dans sa famille. « Je l'ai dans le sang, dans mon cerveau, dans mes nerfs », ne cessait-il de répéter. C'était certainement exact. Bien des années plus tard, la fille du sacristain de Sleisnegg m'a parlé d'un vieil oncle du baron à demi débile qui, les nuits de pleine lune, venait, paraît-il, se tapir sous l'autel de l'église du village pour y réciter des litanies toute la nuit. J'ai eu aussi entre les mains la bible qui a appartenu à la sœur du baron tôt disparue. Il y avait dans cette bible quelques inscriptions d'une écriture à demi effacée qui étaient atroces dans leur absurdité. On pouvait y lire ces mots tracés d'une écriture malhabile de petite fille : « La lune sournoise me ronge les sangs. » N'est-il pas étrange que cette enfant ait parlé de la lune sournoise comme d'un mal dévorant?

La crise, au demeurant – car il s'agissait bien d'une crise, d'une perturbation manifestement périodique de l'équilibre mental –, la crise donc ne dura que deux heures ce soir-là. Vers onze heures, le baron reprit tout son calme et alla se coucher. Le lendemain matin, il était redevenu l'aimable et courtois aristocrate autrichien sans grande importance prenant son petit déjeuner en ma compagnie. Mais vous connaissez ce genre de personnage.

Quelques jours plus tard, j'en parlai au médecin de la gare de Sleisnegg. C'était un vieux monsieur grincheux, aux manières on ne peut plus rustaudes, mais non sans connaissances. Dans le cas d'une fracture du crâne, d'une fluxion de poitrine ou d'une luxation de la hanche, il était à la hauteur. « Qu'est-ce que vous voulez, fit-il, il y a des hallucinations bien plus désagréables. Avez-vous entendu parler de cet homme qui s'imaginait être en porcelaine? » Puis il fit une plaisanterie fort crue et fort vulgaire, et pour lui l'affaire fut réglée.

Au cours des mois suivants, je me rendis plusieurs fois chez le baron Sarrazin pour affaires. Je me souviens qu'un jour, il m'avait fait venir parce que l'un de ses forestiers, accidenté pendant le service, lui réclamait une pension d'invalidité. Je lui conseillai d'accorder à l'homme ce qu'il demandait, je ne pouvais lui donner d'autre conseil. Cette exigence le mettait hors de lui, il n'avait pas le moindre sens des obligations sociales. Il s'écria qu'il n'en était pas question, que cet homme était un ivrogne et un chicaneur, qu'il faisait mal son travail et que de toute façon, il aurait dû le renvoyer. Je lui dis que dans un procès, on donnerait malgré tout raison à cet homme et qu'il était donc préférable de régler cette affaire à l'amiable. Il ne voulut pas en entendre parler. Mais il finit quand même par céder, du moins en apparence; il dit qu'il allait y réfléchir, qu'il devait d'abord en parler au capitaine de cavalerie pour savoir ce qu'il en pensait. Ce capitaine de cavalerie était son voisin de propriété le plus proche, un certain M. de Zsoltany, retenez bien ce nom, il en sera question plus tard.

Je voulus prendre congé, mais il ne me laissa pas partir, je dus rester. Sa mauvaise humeur s'apaisa : il se mit à raconter des anecdotes de maquignon et des histoires qui dataient du temps où il était en garnison en Galicie – il était étonnant de voir avec quel art il maîtrisait ce jargon.

Je ne sais comment il en est venu ensuite à parler de ses armoiries. Il se peut que la crise qui allait venir s'annonçât déjà dans ce brusque changement de sujet. Les armoiries du baron montraient le disque argenté de la lune et un bras éclissé qui le fendait en deux d'un coup de hache. Je suis certain que ce blason était de date récente, car la science héraldique d'antan ne connaissait pas ce genre de représentations, elle avait recours à des emblèmes plus simples. Mais je gardai cette opinion pour moi. Et face au baron, je défendis le point de vue selon lequel ces armoiries devaient remonter à l'époque des croisades.

Le baron n'était pas de cet avis, il faisait remonter le disque argenté de la lune dans ses armoiries à je ne sais quel conte de fées breton, il se répandit en d'obscures allusions – je notai que pendant un certain temps il parla de l'astre de la nuit comme d'un être féminin [1].

Soudain, il se leva d'un bond et alla à la fenêtre. La baronne n'était pas encore rentrée de sa promenade. Cela l'inquiétait.

« Il fait déjà nuit, dit-il. Je n'aime pas qu'elle se trouve sur la route par les nuits de pleine lune. Il y a des croisées de chemins dans cette région qui jettent des ombres effrayantes à la lueur de la lune. Les chevaux s'emballent quand ils les voient. »

Il est vrai que cette fois-ci, l'inquiétude du baron n'était pas tout à fait sans fondement. Deux ans auparavant, son enfant, la petite fille, avait péri dans un accident, exactement de cette façon. J'essayai de lui changer les idées, mais je n'y parvins pas, et tout d'un coup, la crise se déclencha.

Avez-vous déjà entendu un chien hurler à la lune? C'était ça, c'était exactement comme ça. Il est effectivement prouvé, n'est-ce pas, que la lune exerce sur certains animaux et plantes une influence tout à fait particulière. Parlez-en à un jardinier. Mais aussi sur les êtres humains – je connais des paysannes qui ne se coupent les cheveux que dans la phase croissante de la lune. Eh bien, en ce

1. La lune, *der Mond,* est en allemand du genre masculin *(N.d.T.)*

qui concerne le baron, la lueur de la lune le mettait dans un état de transe. Il se tenait là, le regard fixe, et il parlait et parlait de la lune, et il ne savait certainement pas lui-même ce qu'il disait.

« Elle nous hait, elle nous assassine! On ne peut pas lui échapper. Ceux qui étaient là avant moi se sont défendus, ils ont relevé le défi. C'était en vain, ils ont tous péri dans ce combat, tous. »

Puis vinrent à nouveau ces vieilles histoires ineptes de la chronique : « Mes ancêtres en savaient certainement plus que moi sur la corrélation entre la lune et la destinée des Sarrazin. Le secret s'est perdu quelque part dans les décombres des siècles. Olivier de Sarrazin le connaissait encore, ce secret, lui savait pourquoi il faisait tirer sur la lune à coups de canon. Et ce Melchior de Sarrazin qui envoyait des hérauts dans tout le pays, promettant à grand renfort de fifres et de tambourins quatre livres d'or, des bijoux et des colliers aux navigateurs qui jetteraient de grands blocs de rocher aux endroits de l'océan où, tous les soirs, la lune sort des eaux pour commettre de nouveaux péchés. »

Puis sa voix se transforma en un murmure, il se pencha vers mon oreille.

« Parfois j'ai l'impression, dit-il tout bas, parfois j'ai l'impression d'avoir connu dans mon enfance le secret perdu de la haine de la lune. Alors, l'espace de quelques secondes, tout s'éclaire pour moi, un souvenir me traverse l'esprit, et je sais un mot que j'ai toujours cherché – mais l'instant d'après, il est à nouveau oublié, et il ne reste que la peur, la peur face à l'inéluctable, l'épouvante. »

La crise devint de plus en plus violente, elle était beaucoup plus grave que la première. Le baron se mit à trembler, son visage se convulsa, des gouttes de sueur froide perlèrent à son front et il y avait de la démence dans son regard.

« Elle a assassiné mon enfant! le savez-vous? s'écria-t-il. Elle va m'assassiner moi aussi. Cette face jaune de Judas dans le ciel nocturne, cette maudite gueule d'assassin! »

C'est à cet instant, alors que je ne savais plus que faire – j'avais en vain sonné un domestique –, c'est alors enfin, grâce au ciel, que la baronne est rentrée.

Je n'ai pas encore parlé de la baronne, n'est-ce pas? Je ne sais si elle était belle, mais en tout cas elle sortait de l'ordinaire. Si vous voulez vous faire une idée de sa personne – elle avait des cheveux foncés et des yeux bleus qui donnaient à son visage un charme étrange. Mais le plus beau chez elle, c'était sa façon de marcher, on aurait dit qu'elle flottait ou glissait. J'étais toujours troublé lorsque je la rencontrais.

Elle vit du premier coup d'œil dans quel état se trouvait le baron, et elle fit sur l'instant tout ce qu'il fallait faire dans ce cas. Elle ferma les volets, ce fut la première chose, je n'avais pas pensé qu'il fallait fermer les volets. Puis elle prit la main du baron et la caressa, elle essuya les gouttes de sueur sur son front, et elle fit tout cela sans prononcer un seul mot, avec infiniment de tendresse et de chaleur. Le baron s'apaisa. J'échangeai un regard avec elle, et je sentis que ma présence ici était superflue, elle ne me retint pas.

Puis vint une période pendant laquelle je ne vis plus le baron. Il voyageait beaucoup, et plusieurs mois durant il séjourna dans la capitale. Il en rapporta l'instrument, le télescope. Il semble bien que, dans un moment de lucidité, il avait formé le projet de refouler la conception mystique qu'il se faisait de la lune, et ce, grâce à l'image de la réalité astronomique. A ces fins, il se servit du télescope. Mais l'affaire prit un autre cours.

Un jour, je l'ai rencontré en ville juste au moment où

il sortait de l'immeuble de la société d'assurances contre la grêle. Je l'ai accompagné jusqu'au commissariat d'arrondissement.

Nous avons parlé des affaires qui l'avaient conduit en ville. Mais soudain, d'un geste méprisant de la main, il montra le ciel.

« L'avez-vous déjà vue de près? demanda-t-il sans transition ni introduction. Jamais, hein? Jamais. Moi – il se frappa violemment la poitrine à plusieurs reprises –, moi, je l'ai vue, oui, parfaitement, je l'ai vue. Une face perfide et dépravée, ravagée par de viles passions, avec des taches toutes rondes comme les stigmates de la petite vérole. Et de haut en bas, jalonnée de bubons et d'ulcères, court une crevasse, une large crevasse rouge sang... »

Il s'arrêta net, prit ma main et chuchota avec une lueur de satisfaction dans les yeux :

« Comme si elle avait reçu un coup de hache. »

Puis il éclata d'un rire aigu.

« Dévastée. Morte depuis des millénaires. Cet astre est le crétin de l'espace, parfaitement. »

Il lâcha mes mains. Les gens qui passaient se retournèrent, surpris, pour le regarder, mais il ne le remarqua pas.

« Maintenant que je la connais, je n'ai plus peur d'elle, dit-il. Non, c'est passé. Mais elle... elle me redoute, elle ne supporte pas mon regard. Elle se cache dès qu'elle aperçoit le télescope braqué sur elle, elle tire à elle les lambeaux de nuages à droite et à gauche et les amoncelle devant elle. Et parfois, quand il n'y a pas de nuages derrière lesquels elle peut se cacher, elle se met à sillonner le ciel à toute vitesse en faisant des zigzags, si vite que j'arrive à peine à la suivre. Et, toujours au même endroit, elle disparaît, toujours au même endroit, derrière le mur du parc du capitaine de cavalerie, je la perds de vue entre les ormes et les acacias. Qu'est-ce qu'elle va faire là-bas?

Toujours au même endroit! Il faudrait dire à Zsoltany que la lune va rôder parmi ses ormes. »

Cette pensée ne le quittait plus.

« Il est en voyage, quelque part en Hongrie, il laisse tout tomber, et il s'en va. Je ne sais pas quand est-ce qu'il va revenir. Mais il faut lui dire que la lune, toujours au même endroit – entre les ormes et les acacias –, il faut que Zsoltany l'apprenne... »

Nous étions arrivés devant le commissariat d'arrondissement. Il eût peut-être été bon de devancer le baron et d'attirer l'attention des agents sur son état, c'est ce que j'aurais dû faire, mais cela ne me vint à l'esprit que plus tard. Et d'ailleurs, les préposés n'ont probablement rien remarqué de particulier chez lui, car lorsqu'il prit congé, il parlait à nouveau de manière parfaitement calme et raisonnable.

C'est la dernière fois que je l'ai vu. Quelques jours plus tard survint la catastrophe.

Il faut maintenant que j'essaie de reconstituer le déroulement des événements qui ont provoqué cette catastrophe. Je ne peux me porter garant de l'exactitude de tous les détails.

Il est neuf heures du soir, le baron se trouve sur le balcon en encorbellement de son cabinet de travail. Il a braqué le télescope sur le ciel nocturne, et maintenant il attend que les nuages se dispersent. Il sent une inquiétude en lui, c'est plus que de l'inquiétude, c'est une peur panique. Il pense à ses ancêtres qui ont péri dans ce combat. La lune est ingénieuse, peut-être a-t-elle déjà choisi la mort qu'elle réserve au dernier des Sarrazin dans la longue série de ses ennemis.

Les nuages se sont dispersés. Le combat commence. Là-haut, il y a la lune, sa face jaune d'assassin fixe le télescope d'un air hautain.

Encore une fois le même manège que la veille au soir. La lune blêmit en sentant le télescope braqué sur elle. Le baron la voit devenir de plus en plus inquiète et anxieuse, il la voit sauter à droite, à gauche, pour échapper au regard qui la poursuit, et voici que la lune abandonne le combat, elle fuit, elle fait des bonds en zigzag à travers le ciel. Au-dessus du parc de M. de Zsoltany, elle disparaît, on ne peut plus la voir, elle se cache parmi les cimes des arbres.

Le baron reste, le combat n'est pas encore fini. Cette fois, il veut découvrir le secret, il veut savoir pourquoi la lune va se cacher toujours en cet endroit, juste au-dessus du parc du capitaine de cavalerie. Il reste là et attend, il balaie le mur du parc avec son télescope, il se sent comme cet Olivier de Sarrazin qui bombarda la lune avec ses obusiers.

Là – une lueur! C'est elle, elle se risque à nouveau.

Non. Ce n'est qu'une fenêtre éclairée. Mais comment? le capitaine est en voyage, sa maison est inhabitée. Serait-il brusquement de retour?

C'est bien le capitaine de cavalerie, le baron le reconnaît au télescope. M. de Zsoltany est de retour, mais il n'est pas seul, il y a une femme avec lui, il la tient dans ses bras, il la presse contre lui, la lueur de la lune joue sur les blanches épaules de la femme.

Qu'est-ce que c'est? La lune luit en plein ciel et elle rit. Elle reluque la fenêtre éclairée et elle a le fou rire! Qu'est-ce que cela veut dire? La lune rit!

Je ne sais si le baron a reconnu la femme, ou s'il a deviné la vérité. Il pousse un cri, renverse la table, se rue vers la porte, l'ouvre à la volée... L'instant d'après, il est dans l'escalier.

Non. Les choses ne se sont pas déroulées ainsi. Le baron semble être sorti de la maison avec un calme feint, après avoir décroché une cravache du mur.

Je ne sais comment il a franchi le mur du parc. Le valet du capitaine de cavalerie ne l'a pas remarqué. Par la suite, ce domestique m'a souvent décrit la scène qui s'offrit à lui lorsque, alerté par le coup de feu, il entra dans la pièce.

La baronne pendait sans connaissance dans les bras de M. de Zsoltany. Celui-ci s'appuyait contre le mur, un coup de cravache lui brûlait le visage, sa main serrait convulsivement le revolver.

Le baron gisait à terre, éclaboussé de sang, la bouche ouverte, la balle du capitaine de cavalerie était venue se loger dans sa gorge. Le gourdin, qu'il avait ramassé en chemin, peut-être pour défoncer la porte, lui était tombé des mains.

Et sur tout cela se répandait un éclat argenté – par la fenêtre ouverte, la lumière de la lune entrait à flots.

Telle est l'histoire du baron de Sarrazin, elle est à vous, faites-en ce que vous voulez. Je ne crois pas qu'on s'en souvienne encore dans la capitale. Il n'a joué aucun rôle, ni sur le plan social, ni dans la politique. Son nom n'a figuré qu'une seule fois dans les journaux. C'était en 1908, lorsqu'il chevaucha entre un descendant des Harrach et un descendant des Ungnad-Weißenwolf dans le grand défilé historique par lequel la noblesse d'Autriche rendit honneur à son empereur âgé de quatre-vingts ans.

L'auberge A la Bombarde

LE SERGENT-CHEF Chwastek, dont je vais raconter l'histoire, s'est tué avec une arme d'ordonnance de la façon suivante : il a noué la ficelle de l'écouvillon à la gâchette et l'a fixée aux barreaux métalliques de son lit, puis il a appliqué le canon du fusil contre sa poitrine et a tiré. La balle est sortie du canon du fusil dans un bruit de tonnerre et lui a transpercé la poitrine. Malgré sa terrible blessure, le sergent-chef n'avait pas perdu connaissance. Il eut même la force d'aller jusqu'à la cantine où il tomba dans les bras de deux soldats de première classe qui étaient en train de boire leur bière. Ils l'allongèrent à même le sol et déboutonnèrent sa tunique. Il ne pouvait plus parler, il râlait et se roulait de douleur. Les deux soldats étaient désemparés, ils ne savaient que faire. C'était dimanche après-midi, aucun des médecins ne se trouvait à la caserne. Et tandis que l'une des deux recrues ne cessait de crier d'une voix stridente : « Officier de garde! » l'autre, obéissant à une étrange inspiration, saisit son verre de bière et essaya de donner à boire au mourant. « Bois, Chwastek! disait-il au sergent-chef. Soûle-toi, ça va te faire du bien. »

Cependant, le projectile n'avait pas terminé sa course sitôt son œuvre faite, mais avait encore causé de son propre chef toutes sortes de dommages et de malheurs : traversant la pièce, il avait d'abord transpercé sans la moindre difficulté le portrait de l'empereur accroché au mur. Puis il était arrivé dans la grande chambrée de la caserne, où il fracassa le genou de la recrue ukrainienne Hruska Michal de Trembowla en Galicie orientale, si bien que celui-ci sauta du lit en hurlant pour retomber aussitôt. Sur la table, il y avait un havresac contenant l'équipement réglementaire du fantassin, la balle le traversa d'un trait, laissa le corned-beef et les deux « boîtes de café à 46 kr. » intactes, mais déchiqueta le petit sac en toile contenant le « nécessaire de cuisine » – sel, poivre, graisse et vinaigre. Puis, heureux de sa force et de sa liberté, sifflant gaiement, le projectile traversa la cour comme une jeune fille traverse la rue en fredonnant. Passa juste au-dessus de la tête du sous-lieutenant Hayek, l'officier inspecteur de la caserne qui, pour se distraire, venait de faire mettre en rang les prisonniers en tenue d'été. Puis la balle entra par la fenêtre ouverte dans le grand bâtiment de la caserne où elle mit en pièces la crosse de deux fusils accrochés dans le couloir. Mais là, elle commença enfin à se fatiguer, elle pénétra encore dans la chambrée des cadets Sax et Withalm en traversant la mince cloison. C'est là qu'elle termina sa course en allant curieusement se ficher dans le grand réveil qui se trouvait sur la table. Personne ne pensa plus à cette balle jusqu'au jour où, de nombreuses semaines plus tard, l'horloger la trouva dans le boîtier : après tous les ravages qu'elle avait causés, repue et paresseuse, blottie entre les vis et les ressorts, elle bloquait l'engrenage.

Mais en fait, tout ceci ne fait pas partie de cette histoire, et si je parle de la trajectoire de la balle, c'est seulement parce qu'à l'époque – bien avant la guerre – nous avons tous été épouvantés par la puissance de cette arme que nous tenions en main jour après jour, sans nous poser beaucoup de questions, comme l'écrivain sa plume et le paysan sa pipe. Épouvantés que nous étions par l'avidité de ces projectiles en plomb qui, longtemps après avoir fait leur œuvre, continuent quand même à suivre leur propre trajectoire en causant sur leur passage le malheur, la désolation et la détresse, et en surprenant dans leur sommeil ceux qui ne se doutent de rien. Et c'est pourquoi j'en parle, car il me semble parfois, quand je repense à cette histoire arrivée il y a si longtemps, que le pauvre sergent-chef Chwastek n'a pas lui-même mis fin à ses jours, mais a été tué par une de ces balles errantes, une balle qui passait en chantant, sans but, et qui l'abattit sournoisement dans sa course folle, loin de l'endroit d'où elle avait été tirée, tout comme elle jeta à terre le pauvre Hruska Michal que l'on put voir longtemps après boiter dans la cour de la caserne en s'appuyant péniblement sur deux béquilles.

La caserne se trouvait sur la colline, dans cette partie du Hradčany qui a reçu le nom de « Pohorelec » – lieu du sinistre – en souvenir d'un événement très lointain rapporté dans la chronique locale. Tout autour de la caserne, il y avait de petites maisons où les riverains de la garnison faisaient des affaires : des femmes louaient des chambres aux officiers et aux volontaires engagés pour un an; le tailleur confectionnait des uniformes d'apparat dans une étoffe de choix pour les sous-officiers en « service prolongé »; le commerçant juif achetait aux soldats leur pain de munition pour le revendre à de petites auberges; le boucher vendait aux soldats des petits morceaux de viande et du hachis à quatre kreutzers la portion, et des tartines de saindoux à deux kreutzers, car dans les casernes ils ne recevaient pour le souper qu'un léger café.

L'auberge A la Bombarde se trouvait plus bas, dans la Nerudagasse. Elle valait le coup d'œil, car disséminés dans son faîtage, il y avait çà et là des boulets de canon datant du siège des armées de Frédéric le Grand. A l'arrière de la vieille bâtisse, les fenêtres s'ouvraient sur l'aimable et paisible vallon situé entre le Hradčany et le Laurenziberg, avec son épaisse frondaison et les petites maisons blanches étincelantes qui faisaient partie du couvent de Strahover, et plus loin, la vue se perdait sur les tours et les toits de la grande ville. Pendant la journée, l'auberge A la Bombarde était lugubre et déserte. Les chats jouaient au soleil sur les degrés de pierre qui menaient à l'entrée, on entendait des bruits de vaisselle venant de la cuisine, et les poules se pavanaient sous les bancs en bois humides de la salle. Mais le soir, il y régnait une bruyante animation. Les soldats venaient de toutes les casernes environnantes avec leurs petites amies, ils buvaient de la bière et du schnaps, ils jouaient aux cartes, des jeux interdits, faisaient du bruit, criaient, parlaient politique et chantaient des chants strictement interdits : le chant de quarante-huit « Dors, Havlicek, dans ta tombe! » l'hymne de la bataille de la Montagne Blanche, la chanson satirique « Schusselka nous a écrit d'Allemagne » et, le plus fanatique de tous, le chant guerrier : « La Russie est avec nous. »

Les officiers avaient leur table à eux, une table toute en longueur, et nous, les volontaires engagés pour un an, nous avions une pièce à part, mais même là, la masse des gens affluait parfois, les jeunes filles se réfugiaient à notre table quand elles s'étaient disputées avec leurs petits amis; il y avait les querelles et le bruit et les jurons des soldats et les cris perçants des femmes et le cliquetis des baïonnettes que l'on tire du fourreau, jusqu'à ce que la garde de la caserne la plus proche arrive pour rétablir l'ordre et le calme, en mettant aux arrêts de rigueur ceux qui criaient le plus fort.

Telle était l'auberge A la Bombarde, et c'est là que j'ai fait la connaissance du sergent-chef Chwastek, qui commandait à l'époque le troisième bataillon. C'était un bel homme, grand et de belle prestance, et longtemps auparavant, je l'avais déjà admiré en secret quand il portait le drapeau du régiment lors des grandes parades solennelles. Tout comme l'auberge elle-même, pendant la journée, il était morose et renfermé, il faisait son service en silence, mais le soir, à la Bombarde, sa vraie vie commençait. De tous les buveurs, c'était lui qui faisait le plus de bruit, et soir après soir, je le voyais assis avec Frieda Hoschek à la petite table qui se trouvait à côté de l'estrade des musiciens. Mais il n'y restait pas longtemps. Dès qu'il avait vidé son verre de bière, il ne pouvait pas rester davantage auprès de Frieda Hoschek. Là où il y avait du bruit et des querelles et des rires, là où il voyait des visages rougis et excités, il était chez lui, il se sentait dans son élément. D'abord à la table qui se trouvait dans la niche où les artilleurs jouaient au « lansquenet ». Il misait deux florins sur n'importe quelle carte, simplement par plaisir, simplement pour participer au jeu. Il n'attendait pas de savoir s'il avait gagné ou perdu, mais se retrouvait soudain assis à la table du vieil armurier acariâtre Kovac, lui buvait sa bière à la dérobée, puis disparaissait parmi les musiciens. Il revenait, tenant à la main le violon du musicien Kotrmelec, sautait sur une chaise et se mettait à violoner, sans tenir compte du vieux Kotrmelec qui avait sauté de l'estrade en jurant et le tirait par la tunique. Puis il jetait le violon sur la table, empoignait Frieda Hoschek par le bras et se mettait à danser avec elle à travers la salle, entre les tables et les chaises, virevoltant sur un rythme endiablé et avec adresse autour du serveur qui portait en équilibre une douzaine de verres de bière, jusqu'au moment où, épuisée et hors d'haleine, mais un sourire bienheureux sur les lèvres, la jeune fille s'effondrait sur une chaise. Mais lui ne se fatiguait pas aussi facilement, il se tenait maintenant debout à la table des chasseurs à pied et montrait ses tours de jongleur et de prestidigitateur, faisait disparaître une pièce d'un florin sous une serviette de table ou tirait de la poche d'une recrue éberluée une demi-douzaine de fourchettes ou un ceinturon. Et quand, enfin, il avait assez de tout cela, il se mettait à chanter une rengaine ou une chanson de marche que les autres reprenaient en chœur.

Il y avait des chansons mélancoliques et joyeuses. Douze ans se sont écoulés depuis cette époque, mais j'ai encore en mémoire toutes ces chansons tchèques et ces mélodies que les soldats chantaient sur une cadence de marche. Il y en avait une, c'était une chanson triste, la chanson du moulin emporté par les eaux :

Jamais plus, jamais plus, je ne moudrai mon grain,
le torrent a emporté mon moulin.
Tout est parti, les roues
et les palettes et les coffres, tout.
Jamais plus, jamais plus, je ne moudrai mon grain,
le torrent a emporté mon moulin.

Et la chanson continuait :

Souviens-toi, mon aimée, souviens-toi
combien j'étais heureux avec toi...

A ce passage, Frieda Hoschek se mettait toujours à pleurer. Elle pleurait facilement, sans jamais très bien savoir pourquoi. Puis il y avait aussi une chanson de l'an 66, celle du soldat blessé à l'hôpital. Elle commençait ainsi :

Mon pied droit est réduit en bouillie,
mon pied gauche, ce n'est plus qu'un moignon.
Viens, mon aimée, viens voir
ce que la guerre a fait de moi.

Mais le sergent-chef connaissait aussi des chansons gaies. Comme par exemple la chanson satirique pseudojaponaise qui sortait du cœur du soldat tchèque russophile.

Venant de Port-Arthur,
Y a une carriole où trône sans armure
l'maréchal Kanimur.

Et le chœur reprenait le refrain en grondant :

Et il se fait du thé, du thé,
du café noir, du chocolat,
et il se fait du thé, du thé,
du chocolat et du rhum.

Mais ce que Chwastek préférait chanter, c'était la chanson du conscrit qui refuse de saluer son sergent-chef :

Un beau dimanche, j'vais m'balader,
avec au bras ma p'tit' pépée,
le clope au bec, sans couvre-chef –
v'là qu'se radine le sergent-chef.

Sans saluer, j'passe à côté,
« Ça, t'peux y aller ! » que j'ai pensé.
Lui n'dit qu'trois mots, bien haut, bien fort :
« D'main au rapport ! »

L'lend'main matin, j'y suis allé,
l'juteux m'a dit sans pourparlers,
d'un air mauvais : « Voilà, c'est tout,
une s'maine au trou. »

Le capitaine est v'nu nous voir,
i' m'a lancé un regard noir,
sans faire d'discours, l'grand manitou,
i m'a flanqué trois s'maines d'un coup.

C'était la chanson préférée du sergent-chef Chwastek, et je ne sais ce qui lui faisait le plus plaisir : que le conscrit n'ait pas voulu saluer son sergent-chef, ou qu'on l'ait mis aux arrêts pour cela.

Chwastek n'était pas fier de son grade. Il tutoyait tout le monde : les sous-officiers, les caporaux, les vieux soldats, et même les recrues. Il ne faisait sentir son mépris qu'aux sapeurs, il ne daignait même pas leur adresser un regard. Dans le temps, à l'auberge A la Bombarde, ils avaient été de grands messieurs. Ils avaient toujours beaucoup d'argent, buvaient du vin, la bouteille à deux florins, payaient à boire aux filles et portaient – « comme les barons », disait-on à la Bombarde – des uniformes d'apparat ornés d'étoiles scintillantes en soie qui étaient contraires au règlement. Mais leur rôle avait pris fin dès le jour où le sergent-chef Chwastek avait pour la première fois fait son entrée dans l'auberge. Il trouvait leurs visages répugnants, et éprouvait de l'aversion pour leur accoutrement. Quand une de ces « mouches en fer-blanc » – c'est ainsi qu'on appelait les sapeurs, à cause de la couleur métallique de leurs képis – croisait son chemin, il se sentait parcouru par un frisson de dégoût, pris d'un malaise physique, et déversait alors sur l'infortuné sapeur un flot d'imprécations, d'insultes et d'invectives. Et naturellement, on eut tôt fait d'en venir aux mains. Mais ça se terminait toujours très mal pour les sapeurs. Le sergent-chef était rude et brutal et doué d'une prodigieuse force physique. Il y a eu des bosses et des bleus et des têtes sanguinolentes, mais bientôt le sergent-chef eut de son côté l'opinion et le soutien des autres. C'est ainsi que, muets, méprisés et devenus la risée de l'auberge, les sapeurs se contentaient d'aller s'asseoir dans un coin qu'à la Bombarde on appelait « le quartier juif des sapeurs » : car ils étaient assis là-bas les uns contre les autres, comme les juifs dans leur ghetto. Le sergent-chef les tolérait dans leur coin, et c'est avec hargne, d'un œil plein de haine et de colère contenue, qu'ils assistaient derrière leurs nuages de fumée et leurs verres de bière à l'agitation débridée des autres.

Quelquefois seulement, lorsque l'alcool était monté à la tête du sergent-chef, lorsqu'il en était arrivé à son vingtième petit verre de schnaps, du « satan », du « Dum-Dum » ou de l'eau-de-vie de prune, lorsque, fatigué et accablé de sommeil, il était assis à sa table près de l'estrade des musiciens, en train de fixer d'un œil hébété les flaques de bière sur le sol, dans ces moments-là, les sapeurs essayaient de sortir de leur coin pour venir se mêler à la joyeuse cohue. Mais dès qu'il s'en rendait compte, le sergent-chef bondissait sur ses pieds, secouait son ivresse, retrouvait aussitôt sa lucidité et repoussait les sapeurs. Et ceux-ci disparaissaient à nouveau sous les rires de l'assistance dans leur coin sombre, tandis que le sergent-chef retournait s'asseoir auprès de sa Frieda Hoschek pour, fatigué et accablé de sommeil, fixer d'un œil hébété les traînées de bière sous sa table.

A l'époque, le sergent-chef vivait en effet avec une jeune fille du nom de Frieda Hoschek, les soldats l'appelaient la « Frieda d'en bas », parce qu'elle venait de l'un des faubourgs d'en bas, de Smichov, je crois, ou de Koschiř. Elle fabriquait des parures de plumes, mais à part son métier, on ne savait rien d'elle. Un soir, elle était apparue à la Bombarde et, allant de table en table, elle s'était enquise d'un caporal du service de l'intendance dont elle avait fait connaissance lors d'un bal dans la Klamovka; il avait été son cavalier, expliquait-elle, pendant toute la soirée, il n'avait dansé qu'avec elle, lui avait dit qu'il avait des économies, deux mille florins, et au moment de partir, il l'avait invitée à venir le voir le lendemain soir à la Bombarde où il était, paraît-il, un habitué. Il avait des cheveux bruns, partagés par une raie, était finement parfumé, très élégant. « Un beau juif », répétait Frieda Hoschek à qui voulait l'entendre. Ce beau juif, elle ne l'avait pas trouvé à la Bombarde, même plus tard elle ne l'avait pas revu, et le nom qu'elle avait cité était inconnu de tous les soldats. Le lendemain soir, elle était revenue, puis elle vint soir après soir, car le sergent-chef l'avait séduite. Elle admirait son exubérance, sa capacité de boire, son grade, sa façon de se laisser aller sans la moindre retenue, son humeur capricieuse, son uniforme, son mépris pour les femmes; et le fait qu'il savait jouer du violon la captivait totalement. Elle s'attacha à lui sans réserve, se pendait à son bras quand il était assis à côté d'elle et ne cessait de le couver d'un regard amoureux.

Quand elle venait le soir à la Bombarde, elle s'arrêtait toujours un instant dans l'embrasure de la porte et paraissait ne pas savoir si elle devait entrer ou non. Et toutes les fois qu'un soldat entrait en tapant du pied et en faisant du bruit, elle sursautait de frayeur et se blottissait contre le sergent-chef; on aurait dit qu'elle s'attendait encore maintenant, au bout d'un an et demi, à rencontrer ce caporal mythique, avec sa raie au milieu, le beau juif qui à l'époque lui avait donné rendez-vous à la Bombarde.

A l'époque, j'étais en bons termes avec le sergent-chef. Nous avions fait connaissance quatre ou cinq semaines avant que mon bataillon ait été envoyé à Trente. Avant cela je ne le connaissais que de vue et j'avais entendu prononcer son nom par des soldats qui racontaient à son sujet toutes sortes d'histoires très bizarres et peu vraisemblables. Tantôt il était le fils d'un prince et d'une actrice du théâtre national, puis il était à nouveau le fils du colonel en personne, quelqu'un racontait que le sergent-chef avait trouvé une urne pleine de vieilles pièces d'or datant du temps des Suédois, quelque part au sommet de la Montagne Blanche, et que c'est de là que venait tout l'argent que soir après soir il dépensait à la Bombarde. D'autres encore soutenaient que l'argent dont il avait besoin pour la bière, les schnaps, les jeux de hasard et pour Frieda Hoschek, provenait de la caisse du régiment où il s'entendait à puiser avec adresse; et les soldats racontaient cela tout à fait ouvertement et sans la moindre intention de nuire à la réputation du sergent-chef, avec même une sorte d'admiration, par simple plaisir d'inventer des histoires extraordinaires. Car en réalité, ils connaissaient parfaitement la véritable histoire du sergent-chef, tous les enfants de Pohořelec savaient qu'il avait été officier dans le temps et qu'il avait perdu son grade alors qu'il était jeune sous-lieutenant. Mais personne ne savait exactement dans quelles circonstances il avait été rétrogradé de sous-lieutenant à sergent-chef, on savait seulement que la méchante affaire s'était passée dans une autre ville, quelque part dans le nord de la Bohême, et qu'un lieutenant des sapeurs, le champagne, le cognac et les schnaps y avaient joué un rôle, mais des schnaps d'une qualité supérieure à ceux qu'il buvait tous les soirs à la Bombarde. Deux de ses anciens camarades avaient subi le même sort à l'époque, mais eux avaient cherché un métier dans le civil et avaient fini par se caser. L'un était devenu employé des postes, l'autre commerçant. Je le sais parce qu'un jour, l'employé des postes est venu le voir. Mais l'ex-sous-lieutenant Chwastek n'avait pas eu le droit de quitter l'armée. Il venait juste d'être réformé de l'école des cadets où il avait étudié aux frais du Trésor. C'est ainsi qu'après la perte de son grade d'officier, il avait encore dû servir pendant huit ans en tant que simple soldat dans un autre régiment. Pendant huit ans. Cette période était maintenant révolue depuis longtemps, il était arrivé au grade de sergent-chef et aurait pu quitter le service. Mais il ne l'avait pas fait, il était resté dans le régiment, trop fatigué ou trop indifférent pour donner à sa vie, qui de toute façon était perdue, une nouvelle direction.

Nos relations commencèrent le jour où, après le repas pris au mess, je suivis le sergent-chef dans son appartement pour voir un pistolet de Steyr qu'il voulait vendre. Je me souviens très bien de ce jour, parce que c'était le premier jour un peu chaud, le premier jour de printemps, que je passais sur le Hradčany. Certes, il restait encore un peu de neige sur les toits, mais alentour, derrière la caserne, là où commençaient les champs de pommes de terre, les joueurs d'orgue de Barbarie s'étaient déjà installés et attendaient les promeneurs, et plus en bas, en direction du Laurenziberg, on était en train de monter deux manèges, une balançoire et une grande baraque de tir forain.

J'étais assis dans la chambre du sergent-chef sur le sofa pendant qu'il se changeait pour sortir, et je regardais les chromolithographies accrochées au mur. L'une représentait la bataille de Solferino, avec nuages de poudre, chevaux cabrés et explosions de grenades; une autre représentait un duel entre deux dames fort peu vêtues se battant au sabre dans une clairière. Des éléments d'uniforme traînaient çà et là dans la chambre, ainsi que des livres, des romans policiers et d'anciennes revues satiriques portant le tampon de la bibliothèque des sous-officiers. Tout en brossant son pantalon, le sergent-chef m'entretenait de tous les petits événements de la journée. On avait volé une pièce de guitoune à un jeune engagé volontaire pour un an, et il fallait qu'il la rembourse au Trésor; la femme du capitaine Viklucil avait, paraît-il, la scarlatine. Dans le mess des officiers, le colonel a annoncé que les manœuvres impériales auront lieu dans la région de Yičin. Une bonne région pour les manœuvres impériales, Yičin, bonne bière, cantonnement de qualité, nourriture suffisante. L'aînée du cantinier a reçu un jeune matou en cadeau, avec un petit ruban rose autour du cou; la petite bougresse, elle dit qu'elle ne sait pas qui le lui a offert. Dans l'ordre de route, il est stipulé que le bataillon part en « campagne » mercredi, c'est quelque chose de nouveau pour vous, les volontaires, vous ne savez pas encore ce que c'est de tirer sur des pantins qui bougent.

Les fenêtres étaient ouvertes, et au loin, par-delà les champs, on entendait la musique d'un orgue de Barbarie. Il jouait : « Andulco, me dite. » Cet « Andulco » est une chanson curieuse, où on passe constamment du « elle » timide au « tu » bienheureux.

Andulco, ma mie,
c'est elle mon aimée,
Andulco, ma mie,
je t'aime bien.

Puis le rythme change brusquement :

Et les gens ne veulent pas
que j'aille chez toi,
ils ne veulent même pas
que je la voie.

Pour moi, cette mélodie reste à jamais liée à ce jour de printemps. Au moment où je me levai du sofa en fredonnant cette chanson, mon regard tomba tout d'un coup sur une photographie qui se trouvait sur la table du sergent-chef.

C'était une photographie dans un cadre d'acajou brun montrant le sergent-chef Chwastek en uniforme de sous-lieutenant avec à ses côtés une très belle jeune fille aux formes sveltes, en robe d'été; derrière eux on pouvait voir une partie du lac de Hallstatt ou du lac au bord duquel se trouve St. Gilgen.

Je ressentis un violent coup au cœur, car je connaissais cette jeune fille sur la photographie, je me souvins l'avoir vue très souvent sur les courts de tennis du Belvédère alors que, petit garçon, j'accompagnais ma sœur aînée. Cela faisait des années que je ne l'avais pas vue, mais j'avais souvent pensé à elle, c'est ainsi que je la reconnus aussitôt. Et une haine ridicule s'empara soudain de moi, petit jeune homme stupide de dix-huit ans; j'étais jaloux du sergent-chef, parce qu'il se pavanait sur la photo dans son bel uniforme de sous-lieutenant aux côtés de la jeune fille, une main appuyée sur la poignée de son sabre et l'autre tout près de celle de sa compagne. Je lui enviais tout : la jeune fille, son étoile de sous-lieutenant, la belle journée d'été, et même le lac de Hallstatt ou de St. Gilgen. Je ne pouvais détourner mes regards de cette photographie, je me mis à repenser aux jours passés, toutes sortes de petites choses sans importance me revinrent en mémoire, une fois je l'avais vue sauter par-dessus une flaque d'eau, une autre fois je lui avais proposé mon parapluie pour la protéger d'une averse, elle portait un large chapeau plat, bleu comme le bleuet, avec une seule et longue plume. Je me souvins aussi qu'un jour, elle avait accompagné ma sœur à la maison, jusque dans la Wassergasse, elle nous avait raccompagnés jusqu'à la porte, et pour un peu, elle serait même montée chez nous, s'il n'avait pas été si tard. Et en chemin, elle avait aussi parlé avec moi, nous avions parlé de Schiller et du *Guillaume Tell* que l'on jouait à l'époque au théâtre municipal – mais je n'en étais déjà plus tout à fait certain, cela pouvait très bien avoir été une autre jeune fille.

Je ne pouvais toujours pas détourner mes yeux de cette photographie, et la mélodie du « Andulco, me dite » continuait d'entrer par la fenêtre ouverte. Et tandis que j'étais assis là, j'eus soudain une idée puérile : dans mon portefeuille, j'avais une photo de moi de format 10 × 14, je la pris furtivement et la glissai sous le cadre, si bien qu'elle recouvrit presque complètement la silhouette du sergent-chef. Puis je reculai d'un pas et je me réjouis : maintenant, c'était moi qui me trouvais à côté de la jeune fille, tout près, presque la main dans la main, et son visage était à moitié tourné vers le mien. Elle avait la bouche légèrement entrouverte, comme si elle était en train de me parler, à mi-voix, peut-être de Schiller. Et j'eus l'impression que nous marchions côte à côte dans la Wassergasse à la tombée de la nuit, comme à l'époque, et que nous parlions de théâtre et de la représentation de *Guillaume Tell*. Et j'oubliai le présent, le service militaire, le maniement d'armes, les exercices d'assouplissement, les inspections de havresac, la garde de jour, les sorties au pas cadencé; j'oubliai les mille et un tracas d'hier et de demain, et j'étais un petit écolier amoureux qui, le cœur battant, marchait dans les rues aux côtés de la jeune fille aimée du temps passé.

C'est alors que je fus soudain réveillé par une bourrade contre mon épaule; le sergent-chef avait fini de brosser son pantalon et se tenait à côté de moi :

« Qu'est-ce qu'il y a? Qu'est-ce que vous avez à faire des yeux ronds comme une bête de somme chargée de munitions? Ah! la photo. Elle vous plaît? Je veux bien le croire, mon cher. Elle a déjà plu à d'autres.

– Vous l'avez connue? » demandai-je, embarrassé. J'aurais bien aimé savoir ce qu'il y avait eu entre eux, comment il en était venu à se trouver sur cette photo avec elle, et si, pour finir, il avait été son fiancé. Et je lui posai une question stupide et maladroite :

« Étiez-vous proche d'elle? »

Il garda le silence un instant puis, contrairement à son habitude, il dit d'un air très sérieux et pensif :

« Si j'étais proche d'elle? Qui peut le dire? »

Et il se tut à nouveau, moi non plus je ne disais mot, seul mon cœur battait la chamade d'excitation et de jalousie.

« Proche! » continua-t-il alors, et ce n'était plus le sergent-chef Chwastek de la Bombarde qui me parlait, mais quelqu'un d'autre, complètement étranger, que je n'avais jusqu'alors jamais entendu parler. « Qu'est-ce que ça peut bien vouloir dire, un mot pareil " proche "? Nous étions l'un à côté de l'autre et nous regardions le même bout de lac, c'est tout. »

Il se retourna, se pencha au-dessus de la table et se mit à feuilleter une des revues satiriques.

« Mais on ne peut jamais être plus proche de quelqu'un, je crois, dit-il alors, toujours sans me regarder et sans cesser de feuilleter la vieille revue satirique. Qu'est-ce qu'on a à voir, en fait, les uns avec les autres, tous autant qu'on est? On se trouve dans le même décor, c'est tout. C'est bien comme ça que ça se passe, pas vrai? »

Brusquement, il leva les yeux et remarqua ma photographie à côté de celle de la jeune fille, je n'avais pas eu le temps de l'enlever.

Il éclata d'un rire sonore, je m'en voulus de ma gaminerie et je rougis. Mais tout de suite après, il redevint sérieux et retira ma photographie du cadre.

« Il n'y a pas du tout de quoi avoir honte, me dit-il sans ironie, mais avec une légère amertume, à peine audible, dans le timbre de sa voix. D'autres ont fait exactement la même chose avant vous. Beaucoup ont mis leur photo à côté de la sienne, dans le même décor, pour ainsi dire. Et ils ont cru qu'ainsi, ils étaient proches d'elle. Certains y ont presque réussi. Il y en a même un qui s'y trouve encore aujourd'hui, et qui masque mon image. Est-ce qu'il est plus proche d'elle pour autant? »

Il enfila son manteau avec des gestes singulièrement violents et décidés.

« Notez bien, fit-il alors, personne n'est proche de personne, notez bien cela! Même les meilleurs amis ne font que se trouver les uns à côté des autres dans un même décor. Et ce que vous appelez amitié, amour ou mariage, cela revient en fait à accoler de force sa propre image à une autre en l'introduisant dans un cadre donné. Arrangez-moi les plis de mon manteau, engagé volontaire, et sortons! »

Je regardai le sergent-chef d'un air étonné. Il me semblait qu'il y avait beaucoup de vérité dans ce qu'il venait de dire, et même une sorte de philosophie, mais d'où est-ce qu'il pouvait bien tenir cela? Je ne l'en croyais pas capable. Jusqu'alors, je n'avais entendu de lui que des choses fort ordinaires, parfois spirituelles, parfois grossières. Je parcourus la chambre du regard en cherchant un livre dans lequel le sergent-chef aurait pu trouver ce trait d'esprit. Mais je ne vis que des romans policiers et les vieilles revues satiriques; ce n'était certainement pas là qu'on pouvait trouver ce genre de choses.

Puis nous sommes sortis. Nous avions tous les deux oublié le pistolet Steyr qui avait été l'objet de ma visite. En descendant la Nerudagasse, le sergent-chef avait retrouvé son ton rude habituel. Il me racontait une foule d'histoires, de petites anecdotes de sa vie, des virées du dimanche après-midi, des aventures de bal – toutes se terminaient par cette remarque : « C'est comme ça qu'il faut faire, notez bien cela! » Je ne l'écoutais que d'une oreille. J'étais encore en train de penser à cette belle jeune fille, j'attendais qu'il se mît enfin à en parler. Mais j'attendis en vain. Il est vrai que dans ses histoires, il cita beaucoup de noms de jeunes filles auprès desquelles il avait eu du succès; il se peut aussi qu'elle en ait fait partie, je n'en sais rien; car j'avais beau fouiller dans ma mémoire, je n'arrivais pas à me souvenir de son nom. Mais je décidai de le rechercher chez moi dans mes vieux papiers; j'avais conservé une coupure de journal dans laquelle elle était citée parmi les premières danseuses d'un bal d'étudiants.

Le soir, je pris congé de lui devant la porte ouverte de la grande salle de la Bombarde. J'entendais le bruit, les chants et les rires, et je vis Frieda Hoschek qui était déjà assise à la table du sergent-chef et le cherchait des yeux. Pressés les uns contre les autres, les sapeurs étaient assis comme d'habitude dans leur « quartier juif » et faisaient sortir de leurs pipes de lourds nuages de fumée. La musique jouait « Dalibor ».

« Vous ne voulez pas venir? me demanda le sergent-chef.

– Non. Pas aujourd'hui. Je vais dormir, je crois que j'ai de la fièvre. »

Et, en effet, depuis le matin, j'avais mal à la tête et je frissonnais de tous mes membres. C'était le signe avant-coureur du typhus que j'avais attrapé en buvant de cette mauvaise eau, et qui devait se déclarer quelques jours plus tard.

« De la fièvre? fit le sergent-chef en riant. Ah! Ah! L'infirmerie! Une semaine avant le transfert, ça me plaît. Intransportable, hein? Allez, soyez franc, engagé volontaire, je ne suis pas le médecin du régiment, à moi vous pouvez le dire : vous ne voulez pas aller dans les " montagnes aux singes ". »

Les choses dont les soldats tchèques ne voient pas la nécessité ou le bien-fondé sont pour eux des « singeries ». Les sommets du Tyrol leur semblent superflus et absurdes dans leur altitude, c'est pourquoi ils les appellent les « montagnes aux singes », et le Tyrol lui-même la « patrie des singes ».

« J'aimerais bien aller au Tyrol. Mais je suis vraiment malade, dis-je.

– Allez, venez, buvez un shrapnel ou deux. C'est ce qu'il y a de mieux contre toutes les maladies. C'est-à-dire, si vous pouvez le supporter. »

Cela m'agaça. Pourquoi est-ce que je ne supporterais

pas le schnaps, qu'à la Bombarde on appelait « shrapnel », aussi bien que le sergent-chef?

« Je le supporte encore aussi bien que vous. Je parie deux florins, si vous voulez, dix florins...

– Ne pariez pas, ne pariez pas! » fit le sergent-chef en me poussant dans l'auberge.

Comme toujours, il y avait une joyeuse ambiance à la Bombarde, les musiciens jouaient des refrains de rue et de vieux airs d'opérette : « Toi, ma petite pêcheuse » et « Ah! je l'ai seulement embrassée sur l'épaule », et pendant les entractes ils ramassaient des kreutzers et des pièces de cinq pfennigs dans leurs assiettes en faïence. Les soldats se trouvaient déjà dans une ambiance de départ, le corniste du bataillon de chasseurs allait de table en table et trinquait aux retrouvailles sur la terre tchèque; certains avaient pondu des poèmes satiriques sur la ville de garnison tyrolienne et les déclamaient à la cantonade – « Les filles là-bas n'sont pas mal du tout », disait l'un d'eux, « mais tout l'reste n'vaut pas un clou » –, d'autres essayaient de rendre jalouses leurs petites amies en leur parlant de ce qui les attendait là-bas, de la beauté des filles de Trente et de leur complaisance, et un soldat demanda en criant à tue-tête s'il y avait aussi de la cochonnaille et de la choucroute, des knödels et de la bière au Tyrol, sinon il serait obligé de déserter. Le sergent-chef était en train, comme d'habitude, il prit part aux jeux de hasard, joua du violon, dansa, chanta et taquina les musiciens, tout en buvant un verre de shrapnel après l'autre, et à chaque fois qu'il en commandait un nouveau, je faisais de même, et je vidais mon verre d'un seul coup, comme lui. C'était encore la jalousie au sujet de cette jeune fille qui me poussait à prouver au sergent-chef et à moi-même que je savais être à la hauteur en toute circonstance, aussi bien que lui, et aussi pour ce qui était de boire.

Mes camarades de l'école des engagés volontaires traversaient la salle de l'auberge pour venir dans le petit local attenant et voir où j'en étais en secouant la tête; car il nous était strictement interdit de fréquenter des sous-officiers en dehors du service, et voici que moi j'étais assis avec le sergent-chef en personne et sa maîtresse dans l'auberge, à une même table, et je trinquais avec eux. Mais cela ne me faisait rien – qu'est-ce que ça peut faire, me disais-je, si on m'envoie au rapport à cause de cela, je dirai tout simplement que le sergent-chef est mon cousin ou le frère de ma tante.

Plus je buvais et plus la fièvre et les frissons augmentaient. Mais je ne m'arrêtais pas, je ne voulais pas rentrer chez moi. J'attendais toujours que le sergent-chef recommençât enfin à parler de la jeune fille dont j'avais vu la photographie dans sa chambre. Mais il parlait très peu et d'elle pas du tout. Et pourtant je restais. Je me souvins des paroles d'une chanson tchèque pour enfants que notre cuisinière chantait souvent à la maison quand j'étais petit garçon :

Je n'rentre pas chez moi, je n'rentre pas,
car chez moi, on me bat.

Et je n'arrêtais pas de fredonner cette mélodie pour me renforcer dans ma décision.

Il était presque une heure. Les musiciens rangeaient leurs instruments et quittaient la salle. Les autres aussi payaient et partaient les uns après les autres. Les nombreux schnaps m'étaient montés à la tête. J'étais à bout de forces, je me sentais très mal, je tenais ma tête douloureuse à deux mains, et je regardais en frissonnant la salle qui se vidait.

Mais tout d'un coup, je sursautai, effrayé, et je saisis le bras du sergent-chef qui était à nouveau assis à côté de moi et plongeait les yeux dans son verre sans dire un mot.

A travers la fumée de tabac et les vapeurs de bière et de vin de l'auberge, je vis de grands monstres aux formes pesantes qui, lentement et lourdement, sortaient des coins en rampant. Ils ressemblaient à d'énormes insectes répugnants, enchevêtrement de petites têtes noires et de longues jambes décharnées. Ils nous regardaient fixement avec de grands yeux verts tout ronds, et s'avançaient en rampant toujours plus près, droit sur moi et le sergent-chef. Je poussai un cri de dégoût et d'horreur, et serrai fortement le bras du sergent-chef. Mais lui resta parfaitement calme, et j'entendis sa voix; son timbre était étrange et voilé, comme si elle arrivait de très loin :

« Ce n'est rien! Continuez de dormir. Ce sont mes souvenirs. N'ayez pas peur! Ça ne concerne que moi. C'est le passé qui revient. »

Mais voici que tout d'un coup, ce n'était plus des souvenirs, le passé qui revenait, ce n'était pas des insectes non plus – c'était les sapeurs, les « mouches en fer-blanc » avec leurs képis noirs, maintenant je les reconnaissais. Les sapeurs qui, muets, avides de vengeance et furieux, voyant que le sergent-chef était seul, se jetaient sur lui à bras raccourcis.

Il se leva d'un bond et saisit son verre de bière plein.

« Les voilà qui arrivent, l'entendis-je dire. Faites attention, maintenant c'est sérieux. »

Je ne vis plus rien, je n'entendis plus rien, je ne sais pas ce qui s'est passé ensuite; la fatigue, les schnaps et le sommeil avaient eu raison de moi, et ma tête s'affaissa sur la table.

Lorsqu'on me réveilla en me secouant, la salle était vide. Les tables et les chaises étaient renversées, des débris de verres de bière jonchaient le sol. Les derniers sapeurs se traînaient furtivement vers la sortie comme des chiens battus, la plupart avec des tuniques déchirées ou ruisselantes, et tous lançaient en passant un regard oblique et effarouché vers le sergent-chef Chwastek qui, son verre de bière à la main, était appuyé contre sa table. Et il décochait dans le dos de chacun d'entre eux quelque sarcasme bien senti au moment où ils passaient la porte :

« Le poste de secours est en bas à droite, grouille-toi! » lança-t-il à un sapeur qui se tenait la tête d'une main.

« Hausse de 500, en plein dans l'mille! », s'écria-t-il dans un rire en jetant à l'un des fuyards une serpillière mouillée qui l'atteignit au crâne en claquant.

« Voilà pour toi! Une bonne ration de campagne », entendit un troisième sapeur sur lequel il vida le contenu de son verre de bière.

Puis il se rassit à sa table, mit son bras autour du corps menu de Frieda Hoschek, commanda une autre bière et s'alluma une cigarette.

Puis son regard tomba sur moi. Il se mit à rire.

« Vous en faites une tête, engagé volontaire! Vous n'en pouvez plus. Combien de florins vouliez-vous parier? »

Et vraiment. Il a fallu qu'on me ramène dans ma chambre et qu'on me mette au lit. Je ne pouvais plus marcher. Jusqu'alors, tous ceux qui avaient tenté de se mesurer au sergent-chef en matière de boisson avaient connu le même sort.

Les jours suivants, je ne rencontrai le sergent-chef que deux fois. Une fois sur le terrain d'exercice, où il apprenait à une section de réservistes le « A droite, droite! » et « A gauche, gauche! ». Il se tourna vers moi, abandonna sa section un instant et se tapota l'occiput de la main – une façon de me demander si j'avais encore mal au crâne à cause du schnaps. Puis il s'en prit à l'une de ses recrues qui, par sa maladresse, avait gâché tout l'exercice, et en un temps record, il débita toute la bordée d'injures qui lui vint à l'esprit : abruti, âne bâté, andouille, empoté, triple buse, crétin, bougre de civil!

Deux jours plus tard, je le rencontrai chez le cordonnier de la compagnie auquel il avait donné une paire de bottes à clouter. Il me dit que j'avais fait bonne figure dans notre duel au schnaps, chapeau, qu'un de ces jours je pourrais faire un très bon officier, qu'il se voyait déjà se mettre au garde-à-vous devant moi. Puis nous nous donnâmes rendez-vous samedi matin au café Radetzky, il viendrait me chercher pour faire une promenade. Ce jour-là, en effet, le nettoyage du cantonnement auquel le dernier jour de la semaine était toujours consacré, avait été supprimé, nous avions toute la journée et le lendemain de libres pour faire des achats et prendre congé de nos amis en ville. A partir de mardi, plus personne n'avait le droit de quitter la caserne, le régiment était prêt à partir.

J'avais déjà fait tous mes achats depuis longtemps, provisions et lecture de voyage, une grammaire italienne et un « manuel pour touristes de haute montagne »; j'avais également pris congé de tous mes amis – j'avais fièrement promis d'envoyer à chacun d'entre eux des edelweiss cueillis de mes propres mains et une boîte de fruits du Midi de Bolzano – et cela ne me dérangeait donc pas, bien au contraire, d'aller encore une fois me promener sans but dans les vieilles ruelles et de m'imprégner une dernière fois de l'image de cette ville dont je ne me séparais qu'à contrecœur.

Le samedi suivant, j'étais assis parmi les lauriers du café sur la Radetzkyplatz. Le vent feuilletait les journaux qui se trouvaient sur la table devant moi. Je n'étais pas en état de les lire jusqu'au bout. J'étais impatient et je me sentais en même temps abattu, las, fourbu. C'est la fièvre du départ, pensai-je, mais c'était la maladie, le typhus, qui était déjà en moi. Dans un état d'inquiétude et d'excitation qui m'était incompréhensible à l'époque, j'appelai le garçon et voulus payer. C'est alors que je vis arriver le sergent-chef.

Tenant encore dans sa main la bourse d'où il avait extrait le kreutzer du péage, il venait du pont de pierre et traversait la place en se dirigeant vers moi. Il était déjà tout près, à peine à une dizaine de pas de moi, je voulais déjà me lever pour aller vers lui – lorsque quelque chose d'étrange se produisit :

Il s'arrêta, me regarda fixement et devint soudain rouge comme une pivoine. Je lui fis signe de la tête, mais lui fit comme s'il ne me voyait pas, il resta planté là encore quelques secondes, sans bouger, puis il tourna brusquement les talons, comme s'il obéissait à un ordre imperceptible à l'oreille. Il traversa la place et se mêla aux commis, employés de banque et vendeuses qui flânaient, il était évident qu'il avait à cœur de disparaître au plus tôt parmi les promeneurs. Mais je le suivis des yeux encore longtemps, car il dépassait tout le monde de deux têtes, et il n'était pas si facile de le perdre de vue dès lors que l'on concentrait son regard sur lui. Je le vis s'éloigner de plus en plus à grands pas, sans s'arrêter, sans se retourner une seule fois vers moi, il allait droit en direction de la petite ruelle qui montait vers la cathédrale Saint-Guy – « Direction l'enseigne de la ganterie », ces mots traversèrent machinalement mon esprit rompu aux exercices militaires. Et à mesure qu'il s'éloignait, il me sembla qu'il ne devenait pas plus petit, mais de plus en plus grand, qu'il grandissait à chaque pas. La cause en était le typhus, la fièvre, les frissons, je voyais le monde d'un œil peu sûr et effrayé, et les choses tout autour de moi, les maisons, les arbres, la statue équestre en pierre au centre de la place, les chapeaux et les manteaux accrochés aux murs, les porte-allumettes sur les tables du café, le verre d'eau qui se trouvait devant moi – toutes ces choses me paraissaient sournoises, pleines de malignité, fantomatiques sous cette étrange perspective, et me faisaient peur. Mais j'étais surtout effrayé par le comportement inexplicable du sergent-chef et je me mis à chercher la cause de sa terreur soudaine.

Le café était presque désert, il n'y avait que quatre ou cinq habitués jouant aux dominos ou lisant des journaux. Le serveur se tenait debout dans un coin et lisait *La Patrie bavaroise,* un journal réservé aux ecclésiastiques de haut rang qui, venant de la cathédrale Saint-Guy, entraient parfois dans ce café. Et non loin de moi, un lieutenant d'un autre régiment dont je ne connaissais pas les revers rouge cerise était assis à une table.

En proie à l'angoisse et à l'épouvante, je considérai longuement l'officier. J'étais secoué de frissons, et mes mains tremblaient. A l'époque, je ne savais pas encore, et pourtant je pressentais, que cet officier inconnu était la mort : venue des profondeurs du passé, elle était aux trousses du sergent-chef Chwastek, et le sergent-chef avait pris la fuite devant la balle errante qui était venue du lointain pour l'abattre.

Le lieutenant inconnu en eut bientôt assez de mon air effaré. Il me regarda du coin de l'œil, tordit nerveusement sa moustache, appela plusieurs fois « garçon! » et parla à voix basse avec le serveur. Puis il se leva et se dirigea lentement vers la sortie, de mauvaise humeur, sans tenir compte du fait que je m'étais levé d'un bond pour le saluer.

Lorsque je revis le sergent-chef à midi à la cantine, il ne voulut pas m'expliquer son étrange comportement. Il prétendit qu'il m'avait cherché dans le café et ne m'avait pas trouvé, que cela l'avait contrarié et qu'il était reparti rapidement. Il me demanda pourquoi je ne lui avais pas fait signe. Puis il était allé se promener seul – dommage pour la belle matinée, il s'était ennuyé, à deux cela aurait été mieux. Je n'en crus pas un mot, je savais qu'il me cachait la véritable cause de sa fuite. Je ne pouvais pas oublier les traits de cet officier aux revers rouge cerise, et lorsque l'après-midi nous marchâmes dans les rues, je crus reconnaître ces traits chez nombre de passants qui nous croisaient. Où que je portasse mes regards, je voyais surgir partout l'étroit profil aigu et les lèvres pincées de cet homme qui avait fait fuir le sergent-chef et m'avait plongé dans une telle angoisse. Tous les gens que je rencontrais avaient le visage du lieutenant inconnu, j'avais l'impression qu'ils me regardaient d'un air maussade et hautain, et ils ne perdaient ces traits hostiles que lorsqu'ils étaient tout près ou sur le point de disparaître.

Mais je devais le rencontrer encore une fois, ce même jour, le hasard en décida ainsi, ou la fatalité, qui suit imperturbablement son chemin et à laquelle personne ne peut échapper.

Le sergent-chef et moi allâmes chez un confiseur de la place Wenceslas pour acheter des friandises, des dattes confites recouvertes de chocolat; Frieda Hoschek avait demandé la veille au sergent-chef de lui en rapporter.

J'étais appuyé contre le mur, près de l'entrée, et je regardais la vendeuse poser le petit sachet sur la balance pendant que le sergent-chef sortait sa bourse pour payer. C'est alors que la porte à côté de moi s'ouvrit, et l'officier inconnu, une dame à son bras, entra, je le reconnus aussitôt, bien que je n'aie pu voir son visage qu'un instant.

Le sergent-chef était devenu pâle comme la mort, mais il se mit au garde-à-vous et salua. Le lieutenant le regarda, répondit au salut, le regarda à nouveau, sembla indécis et jeta un regard interrogateur à la dame qui lui tenait le bras. Je la vis se pencher vers lui et lui murmurer quelque chose à l'oreille. Le sergent-chef se tenait toujours au garde-à-vous. Le lieutenant se libéra alors du bras de la dame et se dirigea prestement vers le sergent-chef :

« Chwastek? Ça alors, salut, Chwastek! Mais, repos, voyons! Toi, ici! tu parles d'une surprise. Pour un peu, je ne t'aurais pas reconnu. »

Il lui serra la main, tout en jetant un rapide coup d'œil par la porte vitrée, sans doute pour s'assurer que personne ne le voyait en train de serrer la main d'un sergent-chef.

Puis la dame s'avança elle aussi, et je vis le sergent-chef s'incliner légèrement et presser ses lèvres sur sa main. « Je vous ai tout de suite reconnu, Heinrich », dit-elle, et c'est là que je pus enfin voir son visage.

Mon sang ne fit qu'un tour, le sol vacilla sous mes pieds, il me fallut fermer les yeux, car tout se mit à tourner autour de moi. D'étranges ornements se mirent à danser et à tourbillonner devant mes yeux fermés : carrés et rosaces entrelacés sur des cubes gris, jaunes et bleus, qui s'élevaient et disparaissaient, revenaient et s'assemblaient. C'était le vieux pavé, depuis longtemps disparu, de la ruelle où j'habitais quand j'étais petit garçon, les motifs du pavé que je contemplais chaque jour sur le chemin de l'école. Et je sus soudain que cette dame au bras de l'officier était la jeune fille du court de tennis, à laquelle je n'avais cessé de penser tout au long de ces années et dont j'avais vu la photographie sur la table du sergent-chef.

Que faisait-elle ici? Où avait-elle passé toutes ces années? J'ouvris les yeux à nouveau, j'étais certain qu'elle allait me reconnaître et m'adresser la parole, et c'est ce que je redoutais. J'aurais préféré être dehors. Elle était devenue très mince, presque maigre, et n'avait plus l'air très jeune. Beaucoup de choses avaient changé en elle, seul le timbre de sa voix était resté le même, et elle avait la même façon d'écouter qu'avant : elle relevait la tête, tendait un peu le menton et fermait les yeux – quand elle écoutait, elle avait l'expression de quelqu'un qui a longuement regardé le soleil.

« Chwastek, tu ne sais pas? Il faut absolument que tu viennes nous voir. Le plus tôt possible, aujourd'hui même, ce serait le mieux », dit le lieutenant. Il lâcha enfin la main du sergent-chef et se tourna vers sa femme.

« Ce soir, nous sommes bien à la maison, n'est-ce pas? »

Elle regardait encore le sergent-chef, fit un signe de la tête et rit doucement.

« Je vous ai tout de suite reconnu, Heinrich, dit-elle, et le son de sa voix me bouleversa à nouveau. Je vous ai reconnu du premier coup d'œil. Qu'est-ce que vous avez de bon dans votre paquet?

– Des dattes seulement, dit le sergent-chef, et il lui en proposa en s'inclinant légèrement. Des dattes au chocolat. »

Elle prit une datte et mordit dans le chocolat.

« Fameux! dit-elle alors. Dis, Arthur, j'en veux aussi. Heinrich a toujours su ce qui est bon. » Elle s'adressa au sergent-chef en souriant : « Et pour quelle belle dame, cette fois, sacré pécheur impénitent? »

Je ne pus m'empêcher de penser à Frieda Hoschek, à qui ces friandises étaient destinées. Elle n'avait rien d'une belle dame. Elle était maigrichonne, petite, ne payait pas de mine, et son visage portait les traces de la variole. Mais, sans sourciller, le sergent-chef fit comme si c'était pour une comtesse Harrach ou Coudenhove qu'il achetait des friandises.

Tous trois continuèrent à bavarder, le lieutenant surtout et le sergent-chef citèrent des noms que je ne connaissais pas, et parlèrent de choses dont je ne savais rien, tandis que la jeune femme tendait imperceptiblement le menton, et écoutait en silence, les yeux mi-clos, comme elle m'avait écouté un jour, lorsque, sur le chemin du retour, je lui avais parlé de la représentation de *Guillaume Tell* – jusqu'à ce qu'enfin le lieutenant tendît la main au sergent-chef :

« Bon, alors à tout à l'heure, Chwastek! A ce soir, entends-tu? Nous comptons sur toi, hein!

– Il faut vraiment que vous veniez prendre le thé chez nous aujourd'hui, je vous en prie, dit-elle. La belle dame qui comble votre cœur en ce moment vous accordera certainement la permission de minuit si vous lui dites que vous allez voir une vieille amie, qui n'est plus du tout jolie. »

Elle rit et dit encore :

« Nous habitons dans la Karlsgasse, numéro douze. Nous sommes tout seuls, il n'y a que ma mère qui habite chez nous, mais vous la connaissez.

– Écoute, Chwastek! dit le lieutenant. Nous avons un petit garçon et une petite fille, il *faut* que tu les voies. Si tu viens vers huit heures et demie, ils seront encore debout. Bon, alors à ce soir. »

Le sergent-chef était là, légèrement incliné en avant, appuyé sur la poignée de son sabre, un léger sourire de prévenance et de supériorité sur les lèvres; en cet instant, il ressemblait tout à fait à la photographie prise devant le lac de Hallstatt. Une fine expression sur le visage, mi-moqueuse, mi-aimable, que je n'avais jamais remarquée chez lui, qui semblait appartenir à une époque depuis longtemps révolue. Il était en ce moment une tout autre personne que ce sergent-chef Chwastek rude, brutal, tapageur de la Bombarde, qui se disputait à grands cris avec le garçon de salle, rossait les sapeurs, tutoyait les musiciens et lançait aux femmes des plaisanteries grossières. Le lieutenant répondit encore une fois au salut puis, sans faire attention à moi, passa en bavardant avec sa femme dans la pièce attenante où se trouvaient de petites tables, sur lesquelles on prenait du café à la crème Chantilly et du chocolat chaud. Et à l'instant où ils disparurent derrière la porte vitrée, où seules leurs ombres furent encore visibles contre la vitre, ce que j'avais cherché si longtemps dans ma mémoire me revint soudain à l'esprit : elle s'appelait Ulrike, mais chez nous, on l'appelait Molly.

Lorsque nous partîmes, je me reprochai amèrement ma timidité, je trouvais impardonnable et stupide de n'avoir pas eu le courage d'aller jusqu'à sa table, de me présenter dans les règles au lieutenant, et de dire à la jeune femme : « Bonjour, madame Molly! Vous vous souvenez de moi, n'est-ce pas? »

Peut-être qu'alors elle m'aurait invité moi aussi. Mais l'occasion était ratée. Trop bête! J'aurais pu me gifler pour cette lâcheté, et d'un autre côté, j'étais content de n'avoir rien fait, car elle m'avait certainement oublié depuis longtemps, et je me serais trouvé dans le plus grand embarras.

Mais j'espérais en secret que le sergent-chef allait m'inviter à l'accompagner lors de cette visite. A vrai dire, il aurait dû tout de suite demander l'autorisation de m'amener. Cela aurait été la moindre des courtoisies, parce que enfin, nous étions amis. Rien ne lui aurait été plus facile : « Me permettez-vous, chère madame, d'amener mon camarade? Engagé volontaire August Frieseck. » Puis j'aurais fait un pas en avant et je me serais incliné.

C'était bête qu'il n'y ait pas pensé. Un manque d'égard et de savoir-vivre de sa part. J'étais juste bon à lui tenir compagnie tout l'après-midi!

Nous marchions l'un à côté de l'autre, sans parler. Moi contrarié et vexé, lui plongé dans ses pensées.

Comme nous arrivions près de la caserne et qu'il ne me proposait toujours pas de l'accompagner, je me mis moi-même à parler de la visite :

« Vous allez avoir besoin d'un costume civil, sergent-chef. Je dois peut-être vous en procurer un?

– Un costume civil? Moi? A quoi bon? demanda-t-il.

– Vous voulez aller en uniforme chez – chez ces gens? »

J'avais voulu dire « chez Molly », mais je m'étais corrigé avant même de prononcer ce nom.

Il s'arrêta net.

« Vous n'y êtes pas! dit-il. Vous ne croyez quand même pas que je vais y aller? Je n'en ai pas la moindre intention.

– Vous avez raison! l'approuvai-je, tout en étant très déçu dans mon for intérieur. Elle n'est pas jolie du tout. Elle m'a mieux plu sur la photo.

– Ce n'est pas cela! » répondit-il. « Mais je ne suis plus vraiment fait pour ce genre de visites. Vous savez, volontaire : déguster des petits fours autour d'une tasse de thé, faire preuve d'esprit en discutant des dernières revues et jouer les élégants, chère madame par-ci, chère madame par-là, non, je ne suis plus fait pour cela. Peut-être dans le temps, oui. Mais aujourd'hui, je suis le sergent-chef Yindrich Chwastek, commandant du troisième bataillon, qu'est-ce qu'on me veut? Que les gens me laissent tranquille. Ce soir, je suis à la Bombarde. Si vous y êtes avant moi, volontaire, dites à Frieda que j'arrive. »

Nous gardâmes le silence quelque temps, puis nous montâmes la rude pente de la Nerudagasse. Lorsque nous arrivâmes en haut du Pohořelec, il s'arrêta et dit :

« Notez bien cela : il n'y a pas de plus grand malheur que de retomber à l'improviste dans son propre passé. Je crois que si quelqu'un se perd dans le Sahara, il peut s'en sortir plus facilement que s'il s'égare dans son passé. Voyez-vous, il y a sept ou huit ans, j'étais là en train de jouer avec mon revolver, et je me disais : " Dans une heure, tout sera fini. " Il y avait un vieux capitaine du régiment " Archiduc Rainer ", il s'appelait Terkl, je le vois encore aujourd'hui, il avait beaucoup d'expérience dans ce domaine, pensez donc : trente-cinq années de service, il avait même servi, je crois, dans l'armée de Toscane ou de Modène, du temps que la reine Berthe filait. Il s'est moqué de moi quand il m'a vu avec mon revolver. “ Chwastek, qu'il m'a dit, je ne me fais pas de souci pour toi, tu ne vas pas te tirer une balle dans la tête, pas toi. Il y a de mauvais jours, et il y a de bons jours, on ne se brûle pas la cervelle aussi facilement. Je le sais, je connais ça. Tu es quelqu'un de solide et tu tiens bien trop à la vie, je n'y crois pas quand tu joues avec ton revolver. Mais je vais te dire une chose : Pour l'amour de Dieu, prends garde de ne pas te retourner sur ton passé. Parce que là, on est perdu, crois-moi! ” Il avait sûrement raison, le vieux Terkl, il ne faut pas se retourner sur son passé. »

C'était la première fois que le sergent-chef Chwastek me parlait du passé. Mais je l'écoutais avec impatience. Qu'avais-je à faire, moi, du vieux Terkl, et de ce qu'il avait bien pu dire huit ans auparavant? Pendant que le sergent-chef parlait, j'avais échafaudé un plan.

Puisque le sergent-chef restait chez lui – tant mieux, c'est moi qui irai. Je vais y aller à sa place, je sonnerai et je dirai que j'ai un mot du sergent-chef Chwastek pour la dame de céans. Puis on me conduira dans le salon, et je dirai que le sergent-chef s'excuse de ne pas pouvoir venir, il ne se sent pas bien. « A propos, chère madame, nous nous connaissons, vous jouiez au tennis sur les courts de Belvédère, oh oui, cela fait bien des années. Mon nom est Auguste Frieseck, oui, tout à fait exact, ma sœur et vous étiez amies. – Une tasse de thé? – Volontiers, chère madame, si je ne vous dérange pas. »

Voilà ce que je voulais faire. Et tant pis si le sergent-chef venait à l'apprendre plus tard. Il n'avait pas le droit de me demander des comptes. Après tout, je la connaissais, moi aussi, et peut-être même depuis beaucoup plus longtemps que lui!

Nous étions arrivés devant la caserne et nous nous séparâmes.

« Si vous allez à la Bombarde, fit-il, dites au chef de section Vondracek : ce soir on va jouer. Qu'il me prépare une bonne petite partie. Pour ce qui est de l'argent, il y a de quoi, j'ai touché ma solde aujourd'hui. Banque polonaise, lansquenet, tout ce qu'ils voudront. »

Puis il partit.

A huit heures et demie, je me trouvais dans la Karlsgasse. Pendant un quart d'heure, je fis les cent pas devant la maison, je n'osais pas monter. Au troisième étage, il y avait quatre fenêtres éclairées, et je voyais des ombres qui passaient, peut-être que l'une d'entre elles était la sienne. J'étais tapi dans l'obscurité contre le mur de la maison d'en face, pour que personne ne me remarque, au cas où quelqu'un irait à la fenêtre. Je pouvais à peine respirer, tant mon cœur battait. C'était là-haut qu'elle vivait, derrière ces rideaux sombres qu'elle dormait, sous ce porche qu'elle passait jour après jour, et tous les jours, elle avait sous les yeux cette petite vitrine de café.

Le carillon de l'église Týnský sonna neuf heures moins le quart. Je pris mon courage à deux mains, et je pénétrai sous le porche ouvert. Comme un voleur, je me glissai dans les escaliers, en redoutant à chaque pas de tomber sur un habitant de la maison qui aurait pu me demander ce que je faisais là. J'arrivai enfin au troisième étage. A la première porte, il y avait une plaque en cuivre : Friederike Novak. Ce n'était pas là. Mais la porte d'en face. Une carte de visite : Lieutenant Arthur Haberfellner. Et dessous : Inf. imp. et royale – Reg. Archiduc Rainer.

Voilà, j'y étais. Je jetai encore un coup d'œil à mon uniforme. Impeccable. Les bottes reluisantes, les gants blancs bien propres. Le ceinturon brillait, le manteau tombait parfaitement. J'attendis encore une demi-minute, car j'étais essoufflé par la montée des escaliers.

Puis je tirai le cordon de la sonnette. Je n'étais plus excité, j'étais tout à fait calme, j'étais moi-même étonné de mon calme. Mais que pouvait-il m'arriver? je savais exactement ce que j'avais à dire.

Une femme de chambre ouvrit la porte. Je devais être rouge comme une pivoine, car elle me regarda d'un air étonné. Je balbutiai quelques mots au sujet d'un message pour la dame de céans. « Un instant, je vous prie! », dit-elle en me laissant dans l'antichambre, et elle alla dans le salon.

Par la porte entrouverte, j'entendais quelqu'un jouer du piano, des rires d'enfants, des voix – sa voix, puis une autre, une voix d'homme, grave et basse, qui me fit sursauter. C'était la voix du sergent-chef Chwastek, il était là, il n'y avait aucun doute. Et, accrochés au mur, il y avait aussi son sabre, sa casquette, son manteau – le paquet contenant les chocolats sortait de la poche gauche.

Le piano se tut brusquement. Elle venait de se lever pour aller voir qui était là.

Je me précipitai vers la porte et dévalai les escaliers quatre à quatre. Comme si le diable avait été à mes trousses, je courus tout le long de la Karlsgasse et sur le pont de pierre, et ce n'est qu'arrivé sur l'autre rive que j'osai me retourner. Maintenant, ils devaient se creuser la tête pour savoir qui avait bien pu sonner. Un sujet de conversation pour toute la soirée, certainement. « Un rôdeur », doivent-ils dire, et ils vont le chercher dans tous les recoins de l'appartement, et peut-être même prévenir la police. Qu'est-ce que cela pouvait faire, j'étais en sécurité.

Je respirai à fond. Quelle imprudence j'avais commise! Et quelle audace! Une chance que cela se soit si bien passé. Je me félicitai de la présence d'esprit dont j'avais fait preuve. Et l'entreprise n'avait pas été tout à fait sans succès. J'avais au moins pu voir l'antichambre de son appartement. Je savais à quoi ressemblait sa femme de chambre. D'une certaine manière, je l'avais tout de même approchée d'un peu plus près.

Il était neuf heures passées. J'allai à la Bombarde.

Longtemps je suis resté assis seul à ma table, sans boire, sans parler à quiconque, et sans toucher au repas que j'avais commandé. Puis vint Frieda Hoschek. Me voyant seul, elle s'assit à ma table. Pendant un certain temps, elle jeta des regards pleins de convoitise vers le rôti de veau qui avait refroidi dans mon assiette. Puis elle le tira vers elle de sa manière timide et hésitante et se mit à manger en disant pour s'excuser :

« Yindrich réglera l'addition. »

Je ne disais rien, je ne pouvais m'empêcher de penser à l'appartement de la Karlsgasse, aux fenêtres éclairées, aux rires des enfants, aux voix de ceux qui bavardaient, et plus j'y pensais, plus j'étais triste d'être exclu de tout cela. A la table d'à côté, les artilleurs jouaient au quatre-cent-vingt-et-un. Le bruit était plus fort que d'habitude et toute la table reprochait à celui qui tenait la banque d'être un grippe-sou et de tricher au jeu.

Au moment où je voulais payer et rentrer chez moi, vers onze heures et demie, arriva le sergent-chef.

Il retira son manteau et le jeta sur le dossier d'une chaise. Puis il me serra la main.

« Ah! vous voilà! dit-il. J'ai pensé à vous, volontaire. Aujourd'hui, elle vous aurait plu, la femme du lieutenant.

– Chwastek! Quatre-cent-vingt-et-un, viens jouer! crièrent les artilleurs de la table d'à côté, mais le sergent-chef ne fit pas du tout attention à eux.

– Vous aimez bien entendre jouer du piano, n'est-ce pas? poursuivit-il. Rendez-vous compte, deux heures durant, elle a joué pour moi, pour moi tout seul. Elle se souvenait exactement des morceaux que j'aimais entendre. Moi, je ne m'en souvenais plus, me croirez-vous? C'est quand même curieux qu'elle se soit souvenue de tout.

– Paie d'abord tes dettes de la dernière fois, avant de tenir la banque! cria quelqu'un à la table de jeu. Chwastek, viens par ici, occupe-toi de la banque! Lui, là, c'est un roublard, il n'a pas un rond. Pour ce qui est d'empocher de l'argent, ça il se pose là, mais quand il perd, il ne paie pas ses dettes.

– Et dans sa bibliothèque, il y a un recueil de poèmes que je lui ai offert pour son dix-septième anniversaire, enveloppé dans du papier de soie, pour ne pas qu'il s'abîme. On a quelqu'un qui vous aime bien, et on n'en sait rien! marmonnait le sergent-chef.

– Surtout, ne devenez pas sentimental! fis-je, car ce qu'il disait aiguisait ma jalousie et me mettait en colère.

– Elle a une vieille mère, savez-vous, elle était là aussi, reprit-il au bout de quelques instants. Elle m'a raconté qu'elle m'a porté dans ses bras et qu'elle m'a bercé quand j'étais enfant, vêtu d'une petite robe blanche. Pouvez-vous vous imaginer le sergent-chef Yindrich Chwastek du 3e Régiment enfant dans une petite robe blanche? »

Je secouais la tête, prenais l'air ennuyé et bâillais pour ne pas lui montrer avec quelle avidité je buvais chaque mot concernant la femme que j'aimais.

« Dans son album, elle a des photos de moi. Il faut voir ça, quand elle vous sert le thé avec ses mains fines et blanches. Et le petit garçon et la petite fille sont entrés, et ils connaissaient mon nom, et ils m'ont appelé tonton. " Tonton Yinda! " se sont-ils écriés en me voyant. Qu'ils sont mignons, tous les deux! Je leur apporterai un livre d'images la prochaine fois. Et lui, son mari, il m'a dit : " Que de fois nous avons parlé de vous! " Et moi, ici, j'ai passé huit ans à boire, à jurer, à me battre comme une brute épaisse, et je suis là avec une fille qu'un autre ne voudrait même pas toucher avec un plumeau. »

Il parlait allemand avec moi et Frieda Hoschek n'avait rien compris de cette discussion; mais elle avait senti le regard qui lui était adressé. Elle posa son couteau et sa fourchette, but une gorgée de bière et regarda le sergent-chef d'un air satisfait et amoureux.

Le vieux musicien Kotrmelec commença à s'ennuyer. Le sergent-chef n'était jamais resté assis aussi longtemps à une table. D'habitude, Chwastek était toujours en train de taquiner les musiciens. Pourquoi ne venait-il pas aujourd'hui lui prendre son violon et jouer lui-même?

Pendant l'entracte, Kotrmelec vint tourner pendant quelque temps autour du sergent-chef, mais aujourd'hui celui-ci n'y prêtait pas attention. Finalement, Kotrmelec posa furtivement son violon sur la table du sergent-chef, alla se cacher derrière la grosse contrebasse et s'écria en déguisant sa voix : « Maintenant, c'est à Chwastek de jouer! Le violon est sur la table. »

Les sous-officiers et les soldats d'infanterie se mirent à taper du pied, à frapper sur les tables en mesure avec leurs verres de bière et à crier :

« Chwastek doit jouer! Chwastek doit jouer! »

Viens mon aimée, viens voir
ce que la guerre a fait de moi...

se mit à chanter un des joueurs de cartes pour l'encourager.

Sans saluer, j'passe à côté,
« Ça, t'peux y aller! » que j'ai pensé.

entonna un autre.

« Chwastek au violon! Chwastek au violon! » scandait-on à toutes les tables. Et les sapeurs singeaient ceux qui criaient et, dans leur coin, ils chevrotaient d'un air sarcastique, tantôt d'une voix de soprano, tantôt d'une voix de basse : « Chwastek au violon! Chwastek au violon! »

Le sergent-chef prit machinalement le violon et fit glisser l'archet sur les cordes. Mais l'instant d'après, il jeta l'archet et le violon sur la table en faisant tinter les verres et les assiettes et se leva d'un bond.

Frieda Hoschek avait pris dans la poche de son manteau le paquet de dattes auxquelles la femme du lieutenant avait goûté. Elle était assise là et regardait le sergent-chef d'un air ému et reconnaissant, et elle ingurgitait les dattes les unes après les autres, elle mangeait très vite et en faisant légèrement claquer sa langue de plaisir, et elle mettait les noyaux dans son mouchoir à carreaux bleus. Le sergent-chef la prit par l'épaule et lui arracha violemment le paquet des mains, si bien qu'elle s'effondra sur sa chaise, tout effrayée, et qu'elle devint toute petite, on ne voyait plus, pour ainsi dire, que les grosses cicatrices que la variole avait laissées sur son maigre visage.

« Continue de jouer! » cria quelqu'un à la table voisine. « Chwastek doit continuer de jouer! » entendit-on de tous côtés. Et les sapeurs se mirent à chevroter et à grogner dans leur coin : « Continue de jouer! Continue de jouer! » si bien qu'au bout de quelques instants, l'armurier Kovac frappa du poing sur la table en criant :

« Non mais, regardez-moi ça, voilà les mouches en fer-blanc qui la ramènent!

– Qu'est-ce qu'ils ont à grogner? ils devraient s'estimer heureux que personne ne s'occupe d'eux! s'écria un autre.

– Pouah! Les mouches en fer-blanc! Rien que de les voir, j'ai un haut-le-cœur!

– Ils ont des pantalons, on dirait des sacs à charbon!

– Ils ont des noms, comme les pourceaux. Tiens, c'uilà, i s'appelle Hélas, et l'aut'e Pedzouille!

– Moi, j'dégueule sur Hélas, et j'dégueule sur Pedzouille! lança l'armurier Kovac.

– Et à quelle troupe, s'écria un des chasseurs, à quelle troupe appartenaient les soldats qui ont joué aux dés la tunique du Christ sur le Golgotha? C'était des sapeurs.

– Et qui est-ce que Hérode a envoyé à Bethléem pour massacrer les Innocents? hurla à tue-tête un artilleur. Les sapeurs! D'autres qu'eux n'y seraient pas allés. »

Les cris et les rires diminuèrent. Les sapeurs ne répondaient pas à toutes ces invectives, ils fumaient dans leur coin et d'épais nuages s'échappaient de leurs pipes. Les soldats jetaient des regards étonnés en direction du sergent-chef Chwastek. D'habitude, il était le premier à jurer et à se moquer quand on s'en prenait aux sapeurs. C'était toujours lui qui avait les injures les plus venimeuses à la bouche, qui inventait les histoires les plus rocambolesques au sujet des mouches en fer-blanc. Mais aujourd'hui, il restait assis là, sans dire un mot, la tête renversée contre le dossier de sa chaise, et contemplait le plafond.

« Regardez Chwastek, qu'est-ce qu'il a aujourd'hui? » demanda le vieux Kovac.

Le sergent-chef n'entendait pas le bruit et les questions autour de lui. A mi-voix, il dit sans s'adresser à personne :

« C'est quand même drôle, quand des gens aussi vieux parfois se souviennent! Moi, enfant en petite robe blanche – et dire que je suis là, en train de courir la gueuse avec une bande de crapules, d'arsouilles, de maquereaux et de tricheurs, pouah! »

Lorsque le bruit cessa, que tout le monde se remit tranquillement à boire et à jouer, alors que plus personne ne se souciait des sapeurs, l'un d'entre eux se glissa très prudemment hors de son coin en poussant sa chaise. Il ne s'assit pas directement à la table qui se trouvait le plus près de lui, mais s'en rapprocha lentement, toujours prêt à battre en retraite à la moindre alerte. Les artilleurs continuaient leur partie de quatre-cent-vingt-et-un, un chasseur dansait une valse avec sa petite amie entre l'estrade et les tables, personne ne faisait attention aux sapeurs, si bien que le premier d'entre eux à s'être levé s'avançait avec sa chaise toujours plus près des autres tables. Derrière lui en vint un deuxième, suivi d'un troisième, et tous les trois guettaient une place de libre à l'une des tables. Et dès qu'ils voyaient une place, ils s'y glissaient, tout en gardant constamment l'œil sur le sergent-chef. Les autres soldats jetaient aux envahisseurs des regards méprisants et reculaient devant eux, mais aucun ne les renvoya dans leur coin, tous attendaient que le sergent-chef sautât enfin sur ses pieds et chassât les sapeurs dans leur ghetto.

Mais rien de semblable ne se produisit. Le sergent-chef fit comme s'il ne se souciait pas des sapeurs, il était assis à sa table et contemplait les lampes à gaz et les toiles d'araignées au plafond.

Cela donna du courage aux sapeurs. L'un après l'autre, ils sortirent de leur coin et allèrent s'asseoir à toutes les tables où ils voyaient une place pour leurs chaises et leurs verres de bière. Et à peine étaient-ils assis qu'ils occupaient tout l'espace, prenaient leurs aises, allongeaient les jambes, posaient leurs képis sur les tables et se mettaient à trinquer et à bavarder entre eux à mi-voix. De plus en plus de sapeurs sortaient du recoin obscur, aucun d'entre nous ne comprenait comment ils avaient tous pu trouver place dans un espace aussi réduit. Ils furent bientôt supérieurs en nombre à toutes les tables, dans de nombreux cas, ils avaient délogé les autres soldats, mais aucun n'avait osé s'approcher de la table du sergent-chef. Celui-ci était toujours assis seul avec moi et Frieda Hoschek. Cependant, un des sapeurs assis à la table voisine, un qui n'avait pas froid aux yeux, se pencha brusquement, saisit d'un geste vif la main de Frieda Hoschek sous la table et la serra d'un air tendre et gauche.

Elle le repoussa et s'accrocha à l'épaule du sergent-chef. Mais le sergent-chef Chwastek se dégagea de son étreinte. Il s'en libéra comme on secoue une araignée de sa manche. Sur ces entrefaites, le sapeur redoubla d'audace. Il s'accroupit près de Frieda Hoschek et se mit à lui caresser les genoux et les bras, et il prit le bras de la jeune femme et le pressa contre son propre visage, et les autres regardaient la scène en riant. Frieda Hoschek se défendait, se blottissait contre le sergent-chef et criait :

« Regarde un peu ce qu'il est en train de faire. Chasse-le donc, ce culotté! Ce qu'il se permet! »

Le sergent-chef se leva et mit son manteau sur ses épaules.

« Il te plaît, ce lascar? demanda-t-il. Il te plaît ce type? Il est à toi, je t'en fais cadeau, si tu en veux. »

Frieda Hoschek le regarda d'un air effrayé, mais lui ne dit plus rien, le visage totalement impassible, il se fraya un chemin entre les rangées de tables pour gagner la sortie et s'engager dans la rue. Frieda Hoschek courut derrière lui jusqu'à la porte. « Yinda! s'écria-t-elle – c'est ainsi qu'elle appelait le sergent-chef. Yinda! Qu'est-ce que cela veut dire? Où vas-tu, quand reviendras-tu? » Mais elle ne reçut pas de réponse, elle resta encore un instant indécise sur le pas de la porte, se demanda ce qu'il pouvait bien avoir et si elle devait courir après lui dans la rue puis, effondrée et malheureuse, elle revint s'asseoir à ma table.

Maintenant, toute la salle de l'auberge était pleine de sapeurs, les autres soldats disparaissaient dans le nombre. On voyait partout les képis gris acier et les étoiles de soie des officiers. Les sapeurs s'en donnaient à cœur joie, ils faisaient du bruit, ils chantaient et cherchaient noise aux chasseurs. Ils s'immiscèrent dans la partie de quatre-cent-vingt-et-un, ils sortirent des florins de leurs poches de pantalon et les jetèrent sur la table. L'un d'entre eux avait pris le violon sur la table du sergent-chef et jouait la chanson satirique de l'amiral Kanimura qui avait lâchement pris la fuite, et les autres reprenaient en chœur :

Et il se fait du thé, du thé,
du café noir, du chocolat,
et il se fait du thé, du thé,
du chocolat et du rhum...

Et trois d'entre eux se jetèrent sur Frieda Hoschek, la prirent à bras-le-corps et par les mains, et un quatrième larron, petit et maigre, à la démarche guindée, s'avança vers elle à pas comptés, un verre de bière à la main. Frieda se tenait là, complètement désemparée, ne sachant comment leur échapper, et presque sans résistance, elle se laissa conduire hors de la salle par les quatre sapeurs. Peu de temps après, les trois compères revinrent en ricanant et en se frottant les mains, mais le quatrième, celui qui se donnait l'air solennel avec son verre de bière, ainsi que Frieda Hoschek elle-même, on ne les revit pas ce soir-là.

Je n'ai plus jamais revu le sergent-chef Chwastek. Le lendemain matin, je ne pouvais pas me lever, le typhus s'était déclaré et on me transporta à l'infirmerie. Dans la confusion de mes rêves et de mes délires, les sapeurs arrivaient, ils sortaient en nombre infini de tous les coins et ils m'assaillaient ou voulaient trinquer avec moi – tels que je les avais vus la veille avec déjà les yeux de la fièvre. Deux jours plus tard, j'entendis le coup de feu et les hurlements de l'Ukrainien Hruska Michal et le caporal crier « Officier de garde! Officier de garde! » et plus tard les râles du sergent-chef mourant qui gisait dans la pièce d'à côté.

Lorsque de nombreuses semaines plus tard, les médecins me donnèrent l'autorisation de sortir, mes premiers pas me conduisirent au nº 12 de la Karlsgasse. L'été était venu, des femmes vendaient des poires et des abricots aux coins des rues, j'avais manqué la saison des cerises.

J'étais très faible, je marchais en m'appuyant sur une canne; sur le pont, je dus m'arrêter pour me reposer, il me fallut une heure pour atteindre la Karlsgasse. Cette fois, calme et sûr de moi, je montai les escaliers sans peur ni battements de cœur. Je ne redoutais pas de rencontrer des habitants de la maison. Cette fois, je n'avais pas besoin de rappeler à la femme du lieutenant son amitié passée avec ma sœur, et d'attendre qu'elle veuille bien se souvenir. J'avais été le meilleur ami du sergent-chef, j'avais le droit d'apprendre tout ce qu'elle savait sur ses derniers jours.

Je sonnai. Je ne connaissais pas la femme de chambre qui m'ouvrit. Je demandai si je pouvais parler à la dame de céans. On me répondit qu'elle n'était pas à la maison, mais que le monsieur était là.

La jeune fille me conduisit dans la pièce attenante, et je pénétrai dans le salon d'où étaient sortis à l'époque les rires des enfants et la voix du sergent-chef. Le piano se trouvait devant la fenêtre et je le saluai comme un vieil ami.

Dans le salon, il y avait deux personnes que je ne connaissais pas. Un monsieur rasé de près qui était en train de feuilleter une revue d'art, et à l'encontre duquel je conçus sur-le-champ une violente antipathie, et une dame qui était assise sur le divan et tenait son front dans sa main.

Je saluai, mais les deux personnes ne répondirent que vaguement et ne firent aucun cas de ma présence. Le monsieur rasé de près s'alluma une cigarette. Puis la porte s'ouvrit et un monsieur portant une petite barbe brune taillée en pointe vint vers moi.

« J'aimerais parler au lieutenant Haberfellner, dis-je.

– Ah! oui, le lieutenant Haberfellner, dit le monsieur à la barbiche. Cela fait déjà longtemps qu'il n'habite plus ici, il est parti.

– Parti? Et pour où? demandai-je, déconcerté et infiniment déçu.

– Je n'en sais rien malheureusement. Pour une autre ville de garnison, Liberec, je crois, ou peut-être Terezín. »

Puis il me posa des questions sur quelques-uns de mes officiers. Il m'expliqua que lui aussi avait servi dans ce régiment et qu'il connaissait tous ces messieurs. « Le médecin-commandant Havlik ne prend-il pas bientôt sa retraite? C'est qu'il doit bien avoir déjà dans les quarante années de service?

– Trente-sept années de service, répondis-je machinalement tout en ne cessant de penser que jamais plus je ne reverrai la femme que je cherchais.

– Vous n'avez pas eu de veine? demanda le monsieur à la barbiche en désignant ma canne. Le pied cassé?

– Non, j'ai eu le typhus.

– Ah, oui! le typhus. Naturellement, cette eau, un vrai poison. Un scandale, ce conseil municipal. Bon, eh bien au revoir. »

Une fois dehors, je vis sur la porte une plaque en cuivre que je n'avais pas remarquée auparavant. « Dr. Erwin Schebesta, dentiste », pouvait-on lire, et en dessous les heures de visite.

Je ne saurai donc jamais comment le sergent-chef Chwastek a vécu son dernier jour dans la maison du lieutenant. Peut-être, probablement même, n'a-t-il jamais revu l'officier et sa femme, et a-t-il pris son fusil, parce qu'il avait compris qu'il s'était égaré dans son passé, et qu'il ne trouvait plus le chemin pour en sortir, ou qu'il ne voulait plus le suivre. Qui sait? A la Bombarde, je n'ai rien appris à ce sujet. Frieda Hoschek n'est plus venue. On disait qu'elle travaillait maintenant dans une cartonnerie, dans un des faubourgs éloignés, à Lieben ou Karolinental. Les camarades du sergent-chef, qui l'avaient vu juste avant son suicide, ne purent rien me dire. Ils voyaient la fin du sergent-chef avec d'autres yeux que moi. Se plonger dans les étranges méandres de l'âme humaine n'est pas dans la nature des soldats tchèques. Ce qu'ils aiment, ce sont les romans d'amour simples, clairs et touchants, qui se terminent tragiquement, comme ceux que chacun d'entre eux a déjà connus une ou deux fois dans sa vie. Leurs chansons sont pleines de ces histoires-là. C'est ainsi qu'ils ont fait de la fin du sergent-chef Chwastek une tendre et touchante histoire d'amour quelque peu ordinaire. Ils racontent qu'il se serait donné la mort par chagrin, parce que Frieda Hoschek l'avait trompé avec un caporal des sapeurs. Un gratte-papier de je ne sais quel bureau du bataillon a peint son portrait, et celui-ci est longtemps resté accroché au mur par une punaise dans la salle de la Bombarde. Le tableau montrait le sergent-chef et Frieda Hoschek étroitement enlacés, joue contre joue, un couple d'amants. Tout autour d'eux, on avait dessiné une couronne de cœurs ardents et de mains entrelacées, et en arrière-fond, couverts de taches de bière et de sauce de rôti, on apercevait les tours, les toits et les pignons de la ville de Prague.

Une simple pression sur le bouton

NON, effectivement, je ne vous ai pas reconnu. Je n'ai jamais eu la mémoire des personnes, et en plus... ici, dans cette partie de la ville, où on ne s'attend vraiment pas à rencontrer un compatriote. Dans la Cinquième Avenue, il arrive qu'on croise des connaissances de Budapest. Je ne vais presque jamais dans la Cinquième, mes affaires... Non, je ne suis plus dans les huiles et graisses. Je travaille maintenant pour une très grosse société, une entreprise colossale, cent soixante-dix millions de dollars... oui, exactement, une compagnie d'assurances vie. Beaucoup mieux, bien sûr, beaucoup plus agréable, on travaille seul, on n'a pas d'ennuis... Et vous? Depuis combien de temps êtes-vous parti de Budapest?... Pas de Budapest? Mais d'où est-ce qu'on se connaît en fait?... Kecskemét! Oui, bien sûr, Kecskemét. Café Korso. Janosbacsi, le vieux serveur! Aranka! Qu'est-ce qu'elle devient, Aranka, la mignonne? Toujours avec l'ingénieur mécanicien? Non, elle n'est plus avec lui?... Vous êtes... oui, maintenant, je vous reconnais! Vous êtes l'ingénieur mécanicien de Kovacz et Laszlo. Maintenant, je sais : Kecskemét, café Korso – après le boulot, toujours une petite heure au Kiralyvendeglö. Comment ça va, mon vieux!

Tu as le temps? Parfait. En face il y a un restaurant, au premier étage, c'est plus calme, on pourra bavarder. Qu'est-ce que tu prends? Ils ont aussi du goulasch ici, mais je ne te le conseille pas! Un bol avec un peu de sauce rouge et trois petits morceaux de viande, c'est ce qu'ils appellent du goulasch ici. Moi, tu vois, d'habitude, je prends une pomme au four avec de la crème. Toi aussi... bien. Waiter! Two baked apples and cream!... Bien, et maintenant, raconte-moi!

Donc seulement de passage ici, tu repars? C'est dommage. Tu étais à Budapest avant ton départ? Tu t'y es arrêté? Assez longtemps? Qui est-ce que tu as rencontré? Qu'est-ce qu'on t'a dit à mon sujet? Tu sais ce que c'est, les gens, ils parlent tellement, ils disent n'importe quoi. Ils peuvent bien dire ce qu'ils veulent, moi, ça me laisse indifférent. Mais quand tu rencontres quelqu'un de Budapest dans la Cinquième et qu'il te dit : ce Lukacz Aladar vit ici maintenant, il n'ose pas retourner en Hongrie, il a peur...

De quoi est-ce que je devrais avoir peur, hein? je te demande un peu. Moi, je n'ai peur de rien du tout. Je suis ici parce que j'ai toujours voulu aller à New York, ça a toujours été mon idée, et je reste ici aussi longtemps que ça me chante, et quand ça ne me plaira plus ici, je retournerai à Budapest. Pour le moment, il n'y a pas de raison. Peur? Ridicule! J'aimerais bien savoir de quoi je devrais avoir peur. Il y a des gens qui disent – bref, ils disent que j'ai abattu le Dr Keleti. D'un coup de revolver – y a vraiment de quoi rire! Est-ce que j'ai l'air de quelqu'un qui tire, moi? Est-ce que j'ai une tête de cow-boy : « Hands up! »? Je n'ai jamais touché un revolver de ma vie, je m'en suis bien gardé. Même pas pendant la guerre. Et pourtant il y a des gens – mais qu'est-ce que ça peut me faire! L'essentiel, c'est qu'aucun procureur n'ait osé m'impliquer dans cette affaire. Ça ne leur est même pas venu à l'idée – et d'ailleurs, ils se seraient couverts de ridicule. Le Dr Keleti est mort d'une congestion cérébrale. C'est ce qui est écrit dans le rapport d'expertise, le médecin légiste l'a signé. Il n'y a que les gens qui n'ont rien à faire qui disent...

Pourquoi est-ce qu'ils disent ça? Ça, mon vieux, je vais te dire : dans toute rumeur, il y a quelque chose de vrai. Souvent un détail seulement, une bagatelle, mais il y a toujours quelque chose. Ce Keleti a succombé à une congestion cérébrale, c'est établi de manière irréfutable, il est tombé raide mort – un homme jeune, en bonne santé, fort, emporté en pleine vie. Mais peut-être... Il vaut mieux que je te dise à toi, un vieil ami, comment ça s'est vraiment passé, pour que tu ne croies pas les mensonges que les autres vont te raconter. Tu vois, je suis ici, dans la Quatre-vingt-treizième rue, en train de manger ma baked apple à la crème, et maintenant je te dis tout tranquillement : Peut-être que j'ai vraiment tué le Dr Keleti. Non, ce serait trop dire. Peut-être que je l'ai tout simplement fait sortir de la vie. Peut-être. Je n'en sais rien.

Fait sortir de la vie – c'est le mot juste. Mais si j'ai fait cela, je l'ai fait sans la moindre haine. Il ne m'a rien fait, rien du tout. C'était quelqu'un de calme, de cultivé, de solide, peut-être qu'il aurait dû faire un peu moins étalage de sa culture, mais c'était vraiment la seule chose que j'aurais pu lui reprocher. Je ne veux pas aller jusqu'à dire qu'il était mon ami. Mais c'était une bonne connaissance, il venait chez nous presque tous les jours. Sans la moindre haine, mû par une force intérieure, que je ne peux m'expliquer à moi-même aujourd'hui, j'ai appuyé sur le bouton – et quelque part, dans une autre chambre, dans un tout autre quartier de la ville, le Dr Keleti s'est effondré raide mort dans son fauteuil.

Sur quel bouton? Sur aucun. Le bouton, c'est seulement une image, pour pouvoir t'expliquer la chose. Tu as fait la guerre. Dans la marine? Pas dans la marine? Dans les hussards – mais tu es bien ingénieur mécanicien!

Naturellement, toujours l'homme qu'il faut à l'endroit où il faut, c'était un principe chez nous, c'est d'ailleurs pour ça que la guerre s'est si bien terminée pour nous. J'étais planton à Pula, à la capitainerie du port militaire. Parfaitement, simple planton avec le ruban sur la manche – qu'est-ce que tu veux, pas d'école, dès l'âge de quatorze ans au boulot, tout ce que je sais aujourd'hui, et tu peux y aller, j'en connais un rayon dans toutes sortes de choses – Napoléon, les opéras de Wagner, la botanique, l'histoire, Schopenhauer, le rococo, au choix –, tout ce que je sais, je l'ai acquis sur le tard, et ça a été dur, tu peux me croire.

Pendant la guerre donc, j'étais planton à Pula. Et tout en haut, dans la capitainerie du port, il y avait une pièce – sur la table il y avait le plan du port, et sur le plan les mines étaient indiquées, et au-dessus de chaque mine, il y avait un bouton, et si on appuyait dessus, contact électrique! Et en haut, il y avait une sorte de camera obscura qui projetait l'image du port sur la table, l'image vivante : on pouvait voir tout ce qui se passait dehors, on voyait les grues travailler et les bateaux entrer et sortir, tout petits – si petits –, on pouvait voir exactement si un bateau se trouvait au-dessus d'une mine. Je ne m'approchais pas de cette table, j'avais peur, et j'ai toujours admiré l'officier, que ses doigts ne lui aient jamais démangé, qu'il n'ait jamais eu la tentation d'appuyer sur le bouton pour voir tout sauter en l'air, le bateau, la cargaison, le capitaine. Une invention diabolique, cette table! On n'a pas besoin de viser, il suffit d'appuyer sur le bouton, c'est tout. Moi, un jour, j'ai appuyé sur le bouton. Pas à Pula, non, bien plus tard, à Budapest – mais il faut que je te raconte l'histoire depuis le début.

Après la guerre, je me suis marié, tu sais bien, la fille d'un haut fonctionnaire, excellente famille, grande culture – je pouvais l'écouter pendant des heures quand elle discutait de problèmes avec le Dr Keleti – Renaissance, atavisme, communisme –, je me sentais tout petit, souvent je n'en revenais pas, et ma femme me disait alors : Aladar, il faudrait tout de même que tu essaies de rattraper ce que tu as manqué, il n'est jamais trop tard. Tu devrais assister à des conférences le soir, aller au théâtre et à l'opéra. Certes, pourquoi pas? Donc, d'abord à l'opéra, soir après soir, puis les drames de Shakespeare, et les pièces de Molnár, et les trios et la musique de chambre, et Beethoven et les conférences dans la maison de la culture populaire, et les conférences au club scientifique... Je t'assure, pendant des années, par n'importe quel temps, j'ai travaillé à ma culture, et ma femme disait toujours : Surtout ne t'arrête pas à mi-chemin. Crois-moi, j'ai moi-même senti que j'étais devenu un autre homme, j'étais déjà à la hauteur dans la plupart des matières. Et là, j'ai commencé à rester plus souvent à la maison, je m'accordais du repos, j'écoutais et je participais même à des discussions. Et un jour, il a été question de philosophie indienne – corps astral, métempsycose, matérialisation, et j'ai demandé ce que c'était que la matérialisation, c'était la première fois que j'entendais ce mot à l'époque. « Tu vois, dit ma femme, il y a encore des lacunes, tu es loin d'avoir terminé. L'occultisme fait aussi partie de la culture. » Et le lendemain soir, elle m'envoya à Ofen, dans une villa, et en guise d'introduction, elle me donna une carte de son père, le haut fonctionnaire, il faut dire que c'étaient des gens de la haute – un cercle privé qui organisait des séances occultes.

Quatorze personnes, dont deux professeurs d'université, et le médium, une dame d'un certain âge. Je ne peux pas dire que le maître de céans se soit mis en frais. On a eu droit à une tasse de thé, c'est tout. Ah, oui, il y avait aussi la musique du phonographe. Puis ils ont commencé le programme.

D'abord quelque chose qu'ils appelaient le « rapport ». Un des invités, un officier, demanda au médium de faire venir une lettre qu'il avait enfermée chez lui dans le tiroir de son bureau. Eh bien, une minute plus tard, la lettre se trouvait sur la table. S'agissait-il précisément de cette lettre enfermée dans le tiroir, je n'en sais rien, et je ne sais pas non plus comment elle est arrivée sur la table – il faisait plutôt sombre dans la pièce. De la prestidigitation, hein? J'ai déjà vu ce genre de choses assez souvent dans des spectacles de variétés, mais là les numéros sont faits avec plus d'humour et c'est un divertissement, tandis qu'eux, ils appelaient ça culture. Bien. Puis il y eut la lévitation – encore un tour de passe-passe! Puis les esprits sont apparus.

Parfaitement, les esprits. Ils se formaient derrière un rideau, à partir de je ne sais quelle substance, ecto... oui, exactement, ils appelaient ça ectoplasmes. Tout d'abord donc, Jules César, rasé de près. C'est drôle, je me suis toujours représenté Jules César avec une moustache, toi aussi? Mais lui, il était rasé de près. Je ne sais pas ce qu'il a dit, il parlait latin – je te demande un peu, est-ce que le latin fait aussi partie de la culture? L'anglais, le français, à la rigueur encore le roumain, je veux bien, on peut aussi avoir besoin du roumain dans certains cas, mais avec qui, je te le demande, je vais parler latin? Le professeur d'université a essayé, mais Jules César n'a rien compris. Après lui, est venue une personne qui s'est mise à danser – je dois dire que j'ai déjà vu danser mieux que cela. Elle n'est pas restée longtemps, peut-être que les gens n'ont pas assez applaudi, et tout d'un coup, un des messieurs s'est mis à crier : « Mais c'est ma tante Rosa, je la reconnais. Rosa! Tante Rosa! » Alors, comme ça, tout le monde a une tante Rosa. La sienne était grande et maigre, et elle aussi, elle avait cette allure d'ectoplasme. Elle lui parla d'un service de porcelaine qui faisait partie de l'héritage et qui, paraît-il, aurait dû revenir non pas à lui, mais à sa sœur. Mais lui, apparemment, il se l'était approprié. Puis la tante Rosa disparut, on donna de la lumière, une dame frictionna le visage du médium, et le maître de céans vint vers moi et me dit :

« Apparemment, vous êtes toujours sceptique, malgré tout ce que vous venez de voir. C'est la première fois que vous êtes ici, j'ai à cœur de vous convaincre. » Puis il a dit que j'étais – attends voir, laisse-moi réfléchir – que j'étais un « pyrrhonien ». « Mais je vous en prie, si vous êtes méfiant, dit-il, veuillez citer vous-même le nom d'un défunt, à votre guise, peut-être se manifestera-t-il à vous. Les conditions sont particulièrement propices aujourd'hui.

– N'importe lequel? demandai-je.

– Mais certainement. N'importe quelle personne qui vous était proche. »

Et c'est alors que cette pensée m'est venue.

Je dois dire que d'abord, j'ai pensé à feu mon oncle, l'oncle Yenö, mais tu sais, avec la famille, c'est toujours une drôle d'histoire – le linge sale, ça se lave en famille, pas devant des étrangers, et déjà de son vivant, l'oncle Yenö ne s'était pas bien conduit envers nous, alors je me suis dit : laissons le mort en paix.

Et pendant que j'étais encore en train d'y réfléchir, un nom me traversa soudain l'esprit : le Dr Keleti – et dès cet instant, je ne pus m'empêcher de penser au Dr Keleti. Il n'était pas mort, il vivait, mais moi, je me disais : s'il était mort, ça serait quand même curieux de parler avec son âme défunte. Il n'est pas mort, mais s'il était mort... Ces mots n'arrêtaient pas de tourner dans ma tête : Si ce Keleti était mort! Je n'arrivais pas à me débarrasser de cette pensée. Pourquoi, je n'en sais rien. Et tout d'un coup, je m'entendis déclarer à haute et intelligible voix : Feu le docteur Maurus Keleti, avocat, Juliusstraße 17.

On éteignit la lumière, seule la petite lampe rouge suspendue resta allumée. Personne ne se doutait que ce Keleti était vivant. Tout le monde se rassit, et pendant deux ou trois minutes, j'entendis le médium respirer bruyamment, d'abord calmement et régulièrement, puis de plus en plus vite. Puis elle se mit à gémir et à se tordre sur son siège. Un des professeurs d'université s'avança et lui essuya la sueur du front. A nouveau deux minutes passèrent, le médium émettait des râles et se débattait sur son siège, et le professeur dit : « Un esprit récalcitrant! » Et un autre monsieur : « Peut-être que le médium a déjà trop abusé de ses forces! » Mais le maître de céans réclama le silence et déclara que cela allait réussir, qu'il suffisait d'avoir de la patience.

Puis le silence est revenu, seul le médium râlait et grinçait des dents, c'était terrible d'entendre ça. Elle sursauta et retomba, et une dame fut soudain gagnée par la peur et se mit à crier : « Arrêtez! Arrêtez! » Mais à cet instant, on vit le rideau se gonfler.

C'est ainsi que cela avait commencé dans les numéros précédents. Tout le monde avait les yeux rivés sur le rideau, personne ne bougeait, et tout d'un coup, une forme est apparue – c'était lui.

Parfaitement, le Dr Keleti. Il était très pâle, mais je l'ai tout de suite reconnu. Les lèvres minces, la moustache anglaise, il se tenait là, légèrement voûté – c'était sa façon habituelle de se tenir –, les cheveux clairsemés et ce sourire goguenard sur les lèvres, même maintenant.

Je m'étais levé d'un bond, mes jambes et mes mains tremblaient.

« Docteur! m'écriai-je. Comment êtes-vous venu ici? »

Il ne répondit pas.

« Êtes-vous vraiment le docteur Keleti? demandai-je.

– Je suis Maurus Keleti, dit la forme, et elle dit cela avec sa vraie voix, celle que je connaissais.

– Comment est-ce possible? Êtes-vous donc mort? m'écriai-je.

– Oui, mort », répondit-il, et toute la forme sembla vaciller.

« Supercherie! m'écriai-je. Truquage! Supercherie! » Je cherchai l'interrupteur à tâtons et donnai de la lumière.

Il y eut un vacarme, j'entendis un bruit, comme celui d'une chute, et lorsque je me retournai, le Dr Keleti n'était plus là, il avait tout simplement disparu, comme s'il n'avait jamais été là, mais le médium gisait sur le sol et se tordait convulsivement et se débattait de toutes ses forces, un des professeurs essayait de la retenir par les mains, une dame appelait à l'aide et une autre cria : « De l'eau. Vite de l'eau! » Et devant moi se tenait le maître de céans, il me lança d'une voix cinglante sans desserrer les dents : « Mais qu'est-ce qui vous prend? C'est vraiment... Allumer la lumière pendant l'expérience! Savez-vous que vous avez mis la vie du médium en danger?

– Surtout ne la laissez pas partir! criai-je au professeur. C'est une simulatrice. Ces convulsions aussi sont de la comédie. Tout cela était une supercherie : le Dr Keleti n'est pas mort. Il vit. »

Le maître de céans se tenait toujours devant moi, il me regarda.

« Cette apparition, était-ce l'homme avec lequel vous vouliez parler? me demanda-t-il. L'avez-vous reconnu? »

Je fis un signe de la tête.

« Je l'ai reconnu en effet, il ressemblait au Dr Keleti, mais...

– Alors, il est mort, sinon il n'aurait pas pu se manifester, m'interrompit-il.

– Ah! Ah! Vous croyez? dis-je. Dans ce cas, permettez-moi de vous informer, avec tout le respect que je vous dois, que j'ai parlé avec lui cet après-midi à quatre heures. »

Le maître de céans tira sa montre de gousset.

« Et maintenant, il est neuf heures et demie, dit-il. Il a donc dû mourir entre quatre heures et neuf heures et demie.

– Ne blasphémez pas! m'écriai-je. Ou alors, est-ce que vous êtes de mèche avec cette simulatrice? Tout ceci est une supercherie. Une infâme imposture!

– Fichez-le donc dehors, à la fin! » s'écria l'un des invités. Il y eut encore une brève altercation entre moi et ce monsieur, puis je suis parti...

J'étais hors de moi lorsque je me suis retrouvé dans la rue, et en plus de cela, il pleuvait, et il n'y avait pas une seule voiture en vue, mais au bout de quelque temps, je me suis calmé et j'ai même fini par trouver la chose amusante. « Je vais monter chez lui, peut-être qu'il est à la maison, me dis-je. Il faut quand même bien que je lui dise qu'il est mort. “ Salut, docteur! vais-je lui dire. Comment allez-vous? Je viens juste de parler avec votre âme défunte. ” Comme blague, il n'y a pas mieux! » J'ai pris un taxi pour aller chez le Dr Keleti dans la Juliusstraße.

Il a fallu que je sonne trois fois, la bonne qui m'a enfin ouvert m'a regardé d'un air effaré, au début elle n'a pas du tout compris ce que je disais, puis elle s'est mise à pleurer et à bredouiller :

« Non, aujourd'hui, le Monsieur ne peut pas parler au Monsieur, mais Monsieur le médecin est là, si le Monsieur... »

Je l'ai poussée de côté et je suis entré. J'ai trouvé le médecin sur le pas de la porte.

« Êtes-vous de la famille? demanda-t-il. Moi-même, on m'a appelé il y a à peine cinq minutes. Malheureusement, je n'ai rien pu faire. Voulez-vous entrer? »

Le Dr Keleti était assis dans son fauteuil, sans veste ni gilet, la bouche tordue, un cigare consumé devant lui sur la table, la tête affaissée en avant. Congestion cérébrale, dit le médecin. Et elle, elle était allongée sur le sofa, évanouie, les cheveux épars.

La dame qui était chez lui, quoi! Tu n'arrêtes pas de m'interrompre! Je ne t'ai pas dit qu'il y avait une dame chez lui?... Qui est-ce qui crie? Moi, je ne crie pas, enfin! Et puis d'ailleurs... les gens peuvent bien regarder autant qu'ils veulent, ça ne me dérange pas. Il avait une dame chez lui – pourquoi pas, après tout? Elle avait perdu connaissance, il a fallu qu'on la transporte chez elle, et quand elle s'est réveillée, elle a eu une crise de nerfs.

Voilà l'histoire. Comprends-tu ce qui s'est passé? Il était vivant, et pourtant, il a fallu qu'il vienne, telle était la volonté du médium. Le médium l'a appelé, il a forcé son âme hors de son corps, il n'a pas lâché prise. Et il a fallu que le Dr Keleti obéisse à cette volonté qui était la plus forte et qu'il meure pour que son esprit puisse se manifester dans la villa d'Ofen.

C'est tout. Mais n'est-il pas terrible de penser que la même chose peut arriver à chacun d'entre nous à chaque instant? Tout comme les bateaux qui passent au-dessus des mines sans se douter de rien, et il suffit que quelqu'un appuie sur le bouton...

Les gens disent... les gens parlent beaucoup. Ils disent que j'ai abattu le Dr Keleti. Pourquoi est-ce que je l'aurais abattu? Pour quel motif? Et je vis maintenant à New York, tout simplement parce que je vis à New York, et si ça me chante, je retournerai à Budapest... Ma femme? Non, elle n'est pas ici. Tu l'apprendras de toute façon : nous ne vivons plus ensemble. Elle avait ses goûts et moi, j'avais les miens... il s'est avéré au cours des années que nous n'étions pas vraiment faits l'un pour l'autre.

Le jour sans soir

FILS d'un ancien capitaine de vaisseau et arrière-petit-fils d'émigrés français, de la famille des Albergati de Bologne du côté maternel, Georges Durval était arrivé à Vienne dans l'automne de l'année 1908 venant de Trieste où – non sans peine – il avait terminé ses études au lycée. La situation de fortune de son père, qui possédait une maison à Trieste et plusieurs vignobles dans les environs d'Opcina, lui permettait de se laisser exclusivement guider par ses goûts dans le choix de son futur métier. Après quelques insuccès dans le domaine littéraire – il s'était essayé à une traduction de Dante –, et après un bref intermède à l'Institut d'histoire de la musique, il s'inscrivit à l'université de Vienne en mathématiques, physique et philosophie spéculative.

On le voyait rarement aux cours. D'autant plus souvent le rencontrait-on au five o'clock des grands hôtels, dans les bals privés, les raouts, les garden-parties, les premières théâtrales et dans d'autres réunions mondaines. Il habitait un appartement de deux pièces élégamment aménagées dans le quartier de l'hôtel de ville, il avait plusieurs petites amies, deux d'entre elles venaient de la bonne société, et tous les dimanches, il paradait sur le Ring en compagnie d'un superbe setter irlandais brun rouille qui faisait sensation.

Il avait une prédilection pour le club d'échecs. Il passait

pour un joueur imaginatif ne reculant devant aucune innovation audacieuse. Ses parties conduisaient aux configurations finales les plus curieuses. Parfois, il interrompait le jeu pour suivre le cours de ses pensées qui le menaient dans les hautes sphères des mathématiques transcendantales. Entre deux coups sur l'échiquier, il lui arrivait d'entrevoir clairement la possibilité de représenter de manière complètement nouvelle le calcul des variations, ou de simplifier la rectification des faisceaux de courbes isothermes par l'extension du théorème de Picard. Mais il ne se donnait jamais la peine de mettre ses idées sur le papier.

Pendant un temps, il s'intéressa, de la manière intensive qui lui était propre, à l'histoire militaire du XVIIe siècle. Il déconcerta ses amis en soutenant paradoxalement que l'on pouvait clairement mettre en évidence des éléments de l'art napoléonien de la guerre dans le plan de la bataille de Nördlingen, ainsi que, d'une manière générale, dans toutes les opérations stratégiques de Turenne et de Bernard de Saxe-Weimar. Puis il abandonna l'étude de l'histoire militaire pour se tourner vers les problèmes de l'économie politique. Il se proposa de réfuter la doctrine économique marxiste grâce aux schémas de pensée analytico-mathématiques, mais il ne dépassa pas le stade des premières pages d'introduction de la grande œuvre dont il avait eu le projet. Son activité dans un domaine scientifique voisin resta elle aussi un épisode improductif dans sa vie.

Au début de l'année 1912, il avait perdu tout contact avec les sciences. Il caressa le projet de fonder une société pour l'exploitation rationnelle des richesses forestières de Transylvanie, il jouait aussi avec l'idée de faire un voyage en Amérique du Sud. A cette époque, il s'intéressait à la fille d'un grand industriel, une beauté adulée par la société viennoise, mais qui ne répondait pas à son inclination.

Les choses en étaient là lorsque le destin se souvint de Georges Durval et de son lot.

Le 14 mars, Georges Durval dînait dans un restaurant du centre de la ville. Il était de mauvaise humeur, car deux amis auxquels il avait donné rendez-vous se faisaient indûment attendre. Un groupe d'officiers et de politiciens hongrois avait pris place à une table voisine, et ces gens s'entretenaient très bruyamment. Le cercle s'agrandit, et l'un des messieurs nouvellement arrivés prit, sans en demander l'autorisation, une chaise sur laquelle se trouvaient la canne et les gants de Georges Durval. Georges Durval demanda une explication à ce monsieur et obtint une réponse qui ne le satisfit pas. Il s'ensuivit un vif échange de propos au cours duquel l'un des messieurs lança en italien à Georges Durval un mot qui, à Trieste et dans le sud du Tyrol, passe pour être une grave injure. Georges Durval se leva d'un bond et gifla par deux fois son adversaire.

On se précipita sur lui, les officiers s'interposèrent, on échangea les cartes. A cet instant, les deux amis qu'il attendait, l'ingénieur Engelhardt et le capitaine de cavalerie Drescovich entrèrent dans la salle. Il alla vers eux, leur rapporta en quelques mots ce qui venait de se passer et les pria de lui servir de témoins.

« Coups au visage, offense du troisième degré, constata l'ingénieur. C'est une affaire très sérieuse, cher ami.

– Je le sais. Il m'a traité de " leccapiattino ", dit Georges Durval en jetant un regard vers son adversaire qui sortait du restaurant.

– Leccapiattino? Qu'est-ce que ça veut dire?

– Lécheur d'assiette. A Trieste, c'est une injure ignoble.

– Est-ce qu'il t'a offensé après l'échange des cartes?

– Non. Avant. Puis je l'ai giflé.

– Bon, alors l'affaire est en règle », fit l'ingénieur.

Le capitaine de cavalerie tenait la carte de visite dans sa main.

« Zoltan Szöngessy de Szönges et Nagyoros, lut-il. Je le connais. Mon cher Durval, tu es tombé sur un bagarreur notoire. »

De retour dans son appartement, Georges Durval décida, tout au moins pour l'instant, de ne plus penser à cette désagréable et on ne peut plus fâcheuse affaire. Comme il était beaucoup trop excité pour pouvoir trouver le sommeil, il prit, afin de se changer les idées, une brochure qui se trouvait depuis des années dans sa bibliothèque sans qu'il en eût même coupé les pages. C'était une étude mathématique qui avait pour objet le cercle et les courbes du troisième degré. Il parcourut des yeux les premières pages et trouva que l'auteur était passé sans y prêter attention à côté de la possibilité de mettre en évidence certaines propriétés de formules générales d'un degré supérieur grâce à la transformation de deux formules. Cela éveilla son intérêt et il entreprit de prolonger l'étude dans cette direction.

Il était cinq heures du matin, lorsqu'il alla au lit. Il dormit jusque vers midi. Puis il prit un bain, fit sa toilette et lut rapidement les journaux du matin. Vers quatre heures de l'après-midi, il reçut la visite de ses deux amis qui l'informèrent du déroulement de la réunion des seconds.

« Au sujet de ce M. de Szöngessy, une enquête du conseil d'honneur est en cours, il faut attendre les résultats, l'informa l'ingénieur. Une affaire de jeu ou de courses, je suppose. La procédure a déjà dépassé le stade de l'instruction préliminaire et va au-delà du cadre de l'assemblée des officiers. Ses seconds n'ont pas du tout l'intention de baisser le ton, ils s'attendent à une décision favorable du conseil d'honneur, comme si c'était chose faite. Et l'affaire semble vraiment – j'aimerais presque dire malheureusement – ne pas se présenter trop mal pour M. Szöngessy, sinon hier les officiers ne se seraient pas montrés en sa compagnie. Tu dois donc te résoudre aux pistolets, mon cher Durval, vingt-cinq avec avance et poursuite du duel au sabre lourd jusqu'à la mise hors de combat. Mais cela va prendre encore quelques semaines avant qu'on en arrive là. »

Georges Durval raccompagna les messieurs à la porte. Au moment de partir, le capitaine de cavalerie dit :

« Tu voulais bien aller à Bolzano à la fin du mois, non? Naturellement, rien ne t'empêche de le faire. Tu dois simplement veiller à ce que nous puissions te joindre à tout instant par voie télégraphique. »

Lorsqu'il fut seul, il donna l'ordre à son domestique de ne laisser entrer à l'avenir que les deux messieurs qui venaient de sortir. Il n'était pas disponible pour quelque autre visite. Une étrange inquiétude s'était emparée de lui, mais elle ne trouvait en rien sa source dans l'idée du duel qui l'attendait. Elle disparaissait dès qu'il s'asseyait à sa table de travail et se mettait à analyser le comportement des courbes de Cayley dans leurs points singuliers.

Dans les jours qui suivirent, on ne le vit nulle part. C'est seulement le dimanche après-midi qu'il alla sonner à la porte d'une vague connaissance. Il expliqua qu'il était à court de papier, qu'aujourd'hui dimanche, il ne pouvait pas en acheter et qu'il fallait absolument qu'on le tirât d'embarras. Il répondit avec impatience et irritation à l'invitation qui lui fut faite d'interrompre son travail et de se joindre en tant que quatrième joueur à une partie de bridge improvisée. On lui donna quelques feuilles extraites d'un album de poésie, trois grands cartons à dessin, un carnet de dépenses ménagères encore vierge et un paquet de papier à lettres. Puis il se retira.

Il dormait peu, à peine cinq heures dans la matinée. Comme talonné par les démons, il se jetait sur son travail. Une fois par jour, il se faisait apporter son repas d'un restaurant proche. Tout en mangeant, il parcourait le journal des yeux. L'annonce des fiançailles de la fille du gros industriel, la jeune fille qui avait joué un certain rôle dans sa vie, avec un peintre paysagiste munichois connu ne lui fit pas le moindre effet. Il posa le journal et retourna à la théorie des équations différentielles.

Le soir était son heure de prédilection. Une profonde clarté, qui lui dévoilait l'existence de connexions cachées, le submergeait tous les soirs sous la lampe éclairée. Dans ces heures-là, fort d'une paisible supériorité, il travaillait sans perdre de vue son objectif. Parfois, on entendait jouer du violon dans l'appartement voisin, une jeune fille qu'il ne connaissait pas répétait la sonate en la majeur de Tartini, et la mélancolie de ces mélodies s'unissait aux mystères des mathématiques pour créer un monde magique et fabuleux, plein d'aventures comme les jardins de Klingsor.

Entre le 18 mars et le 25 avril, il ne quitta son appartement qu'une seule fois. Il alla rendre une brève visite à la préceptrice de sa mère, une dame de soixante-dix ans, paralysée, qui vivait à Vienne depuis des années. Pendant qu'il buvait le thé, la vieille dame lui raconta quelques petites histoires et anecdotes de sa prime jeunesse : elle l'avait accompagné lorsqu'il était allé à l'école pour la première fois; petit garçon, il avait fait de son mieux, et non sans succès, pour s'attirer les bonnes grâces d'une petite fille blonde de six ans, cela s'était passé là-haut, sur le Cacciatore; et à huit ans, il était fermement résolu de devenir empereur du Mexique. Il avait causé beaucoup de soucis à sa mère; étant enfant, il avait été atteint d'une dangereuse affection nerveuse; plus tard, alors qu'il allait déjà à l'école, il avait failli se noyer au cours d'une baignade.

Georges Durval l'écouta en silence. Puis il lui demanda si, enfant, il avait montré des dispositions pour la musique. Il se plaignit d'avoir pris un mauvais chemin. L'étude de la musique ancienne, l'arrangement et l'édition des sonates de Tartini, Corelli, Vitali, Locatelli, dont beaucoup se trouvent encore enfouies dans les archives, voilà ce qui aurait pu être la véritable tâche de sa vie. Ce n'est que dans la musique qu'il lui aurait été donné de produire quelque chose de positif et de durable. Il ajouta que ce à quoi il se consacrait en ce moment était un amusement futile, un passe-temps peut-être distrayant, mais certainement rien de plus.

Il refusa une deuxième tasse de thé. Il baisa la main de la vieille dame et lui promit de revenir bientôt.

Le 22 avril, pas tout à fait six semaines après l'accrochage, ses deux témoins firent de nouveau apparition chez lui. Ils l'informèrent que la procédure était terminée; le verdict du conseil d'honneur permettait à nouveau à M. de Szöngessy de demander réparation de l'offense par les armes. Le duel aurait lieu le 25, à six heures du matin, sur les prés du Prater. Pistolets, trente pas avec double avance, cinq secondes pour viser, droit de recharger trois fois. En l'absence de résultat, poursuite du duel au sabre lourd jusqu'à la mise hors de combat qui devra être constatée par les deux médecins présents.

« Nous viendrons te chercher à cinq heures du matin, ajouta l'ingénieur. Tu devrais faire un peu plus d'exercice en plein air, Durval, tu n'as vraiment pas bonne mine. Je te conseillerais de profiter d'un des deux jours pour faire une grande promenade. Cela te fera du bien. »

Les deux messieurs ne manquèrent pas de remarquer que Georges Durval ne dissimulait qu'avec peine son impatience. Il souhaitait manifestement mettre fin le plus tôt possible à cette entrevue.

Lorsque le 25 avril, à cinq heures moins le quart, ils se présentèrent chez lui, ils le trouvèrent fatigué, la mine défaite après une nuit blanche, à sa table de travail qui était couverte de papiers. Il se leva avec un sourire gêné sur les lèvres, regarda distraitement plusieurs fois sa montre et manifesta son étonnement qu'il fût déjà si tard. Il dit qu'il voulait faire rapidement sa toilette, qu'il serait prêt dans cinq minutes, que ces messieurs veuillent bien prendre place en attendant.

Au bout de vingt minutes, le capitaine de cavalerie frappa à la porte de la chambre. Ne recevant pas de réponse, il entra.

Georges Durval était assis sur le bord de son lit. Il tenait à la main un crayon bleu et une vieille note de blanchisserie dont il avait couvert le verso de formules algébriques. Il sursauta, s'excusa et posa la feuille de papier sur le rebord de la fenêtre. Puis il termina sa toilette.

A proximité du chemin de fer qui longeait le Danube, il fallut s'arrêter quelques instants. Le chauffeur annonça un défaut dans le carburateur de l'automobile. Pendant qu'il s'occupait de la panne, les messieurs se rendirent dans le café Kronprinz qui se trouvait tout près et était déjà ouvert à cette heure-là. Le médecin et les deux témoins burent du café noir brûlant et s'entretinrent sur un ton quelque peu contraint de choses sans importance. Georges Durval ne se mêla pas à leur conversation. Il profita de ce bref arrêt à sa manière et inscrivit de longues séries de développements mathématiques sur la plaque de marbre de la table à laquelle il était assis.

A six heures moins cinq, l'automobile arriva sur le lieu du duel. L'arbitre du combat, un monsieur d'un certain âge, rasé de près, vint vers Georges Durval et se présenta : Kaletzky, lieutenant. Georges Durval dit son nom, puis demanda brusquement un morceau de papier. On lui donna une feuille d'un bloc-notes.

M. de Szöngessy faisait les cent pas avec un médecin en fumant. Les seconds mesuraient la distance. Sans se soucier de ce qui se passait autour de lui, Georges Durval se tenait debout près de la cloison en planches qui délimitait le lieu du duel et continuait ses calculs.

L'arbitre avait chargé les pistolets. Il attendit deux ou trois minutes, puis il adressa un regard interrogateur aux témoins. M. de Szöngessy laissa tomber sa cigarette et remonta le col de sa tunique.

A cet instant, Georges Durval se retourna. La feuille de papier à la main, il alla vers le capitaine de cavalerie Drescovich. Son visage exprimait le calme et une parfaite indifférence. Il venait de terminer son travail.

L'arbitre fit les essais de conciliation d'usage. Puis il donna les instructions nécessaires. Il allait compter, entre deux et trois, on aurait le droit de tirer.

La formule peut aisément être décomposée en une partie réelle et une partie imaginaire, se dit Georges Durval. Il doit encore y avoir une autre forme de solution, plus élégante. Qu'importe. Mais si ce soir...

« Deux! »

Les deux hommes levèrent leur pistolet. Deux coups retentirent presque au même instant.

Ce jour n'eut point de soir.

L'histoire de Georges Durval devait être racontée. Il me semble parfois qu'elle permet de porter un certain regard sur l'économie des événements du monde.

On peut se demander si les grands de la science, de l'art et de la littérature tôt disparus, Pouchkine par exemple, ou Lassalle ou Lord Byron, eussent ajouté ne serait-ce qu'une seule ligne à l'œuvre de leur vie, si la mort les avait épargnés.

Peut-être que le destin ne rappelle à lui que ceux qui n'ont plus rien à donner, ceux qui sont arrivés au bout de leurs forces, qui sont vides et consumés.

Une société savante édite les œuvres posthumes de Georges Durval, ces analyses mathématiques qui ont vu le jour dans les dernières semaines de sa vie. Lorsque la guerre éclata, trois volumes avaient paru. Ils ne contenaient à peu près que le tiers des écrits que l'on trouva après sa mort dans et sur sa table de travail, sur les étagères d'une armoire à linge vidée et dans un coin derrière la cheminée. Mais même lorsque son œuvre, rassemblée en dix volumes, sera éditée, elle n'en restera pas moins un fragment. On ne retrouvera pas ses derniers travaux, sa conclusion. Ils sont dispersés au dos d'une note de blanchisserie, sur la plaque de marbre d'une table de café et sur une petite feuille de papier d'un bloc-notes que le vent a emportée.

Conversation avec un soldat

Dans la ville de Barcelone, là où, partant de la large promenade du quai, rougie à blanc par le soleil, une allée de palmiers conduit au monument de Christophe Colomb, je demandai à un soldat espagnol qui jetait des miettes de pain aux mouettes le chemin pour aller à la cathédrale.

Je comprends seulement quelques mots de la langue que l'on parle à Barcelone. Ce n'est pas de l'espagnol, c'est du catalan, et, comme me l'assurent des gens qui s'y connaissent, cette langue n'est pas toujours facile à comprendre, même pour un Espagnol de naissance. Mais le jeune soldat ne me répondit ni en espagnol ni en catalan, il me montra plutôt le chemin par quelques gestes de la main, brefs mais étonnamment expressifs : Tout droit, à droite, encore une fois à droite, puis à gauche. Je savais à quoi m'en tenir. Le chemin était long, le soleil brûlait, et le soldat me fit comprendre que je ferais mieux de prendre le tram. Là encore, il ne parla pas catalan, mais indiqua par des gestes la sonnerie d'une cloche et le glissement du tram – je le compris aussitôt. Et comme il n'y avait pas de tramway en vue, mon aimable conseiller me proposa de m'asseoir à côté de lui sur le banc et d'attendre.

Le jeune soldat espagnol était muet. Seules ses mains bavardaient joyeusement et avec insouciance, et il n'y avait rien qu'elles n'eussent pu m'expliquer, en signes clairs et aisément compréhensibles. Il avait fait la guerre au Maroc, me raconta-t-il, et ses mains peignaient tout le tumulte d'une bataille : assaut, tir à cadence rapide, attaque surprise, et retraite. Quant à la nécessité de cette campagne, il était sceptique et exprimait franchement son opinion en haussant les épaules et en secouant la tête d'un air irrité.

Une voiture passa, et le jeune invalide me fit aussitôt remarquer (en serrant et secouant les poings, comme s'il tenait les rênes et conduisait un attelage) que les chevaux étaient beaux, forts et fougueux, des andalous pur-sang. Puis il me fit un clin d'œil en regardant sur la gauche, et il me sourit. Je me retournai. Deux officiers espagnols de haut rang remontaient à pas lents la promenade, et mon ami espagnol m'avait fait savoir qu'il allait bientôt devoir saluer et qu'il tenait cette cérémonie pour tout à fait superflue. Il m'expliqua qu'il était dessinateur en construction de son métier, en faisant des croquis sur une planche à dessin imaginaire, puis en formant de ses mains toutes sortes d'éléments d'architecture : portails, rangées de fenêtres, escaliers et toits en dôme. Il ajouta que c'était un bon métier, qu'on pouvait gagner de l'argent.

Une jeune dame vint s'asseoir à côté de nous, un livre à la main. Le soldat muet me fit comprendre qu'elle était jeune et jolie, et il m'encouragea à tenter ma chance auprès d'elle. Il m'assura que j'aurais du succès, qu'il n'y avait aucun doute à ce sujet. Lui-même fit l'intermédiaire en se tournant vers la jeune dame et en lui jurant ses grands dieux que mon cœur brûlait d'amour pour elle. Il lui expliqua que j'étais riche, un étranger venu de loin, que je voulais l'emmener chez moi, qu'elle voyagerait par le train. La jeune fille se sentit gênée, elle rit et continua à feuilleter son livre. Il indiqua d'un geste ses propres épaules, là où les officiers espagnols portent leurs décorations, puis il tordit d'un air entreprenant une moustache imaginaire, et me fit comprendre ainsi que la dame était déjà fiancée à un jeune et fringant officier, et qu'elle n'était malheureusement plus libre. Pour me consoler, il souffla dans le creux de sa main et fit le geste de jeter quelque chose. Cela voulait dire : Ne t'en fais pas, elle n'en vaut pas la peine, il y a de bien plus belles filles dans cette ville.

Nous nous comprenions parfaitement, nous parlions de tout. Tout au long de mon voyage dans ce pays de langue étrangère, je n'ai compris personne aussi bien que ce jeune invalide muet.

Mon tramway ne se décidait pas à venir, mais je n'étais pas pressé. Il sortit des bananes de son sac et m'en proposa. Il me fit comprendre que je devais me servir, qu'il en avait assez. Nous échangeâmes des cigarettes et nous fumâmes. C'est alors qu'un fardier vint à passer.

Il était chargé de fûts et remontait lourdement la promenade dans un bruit de tonnerre. Et juste devant notre banc, un des deux chevaux tomba à terre. Il essaya de se relever, tomba à nouveau et resta étendu.

Le cocher descendit de la voiture en jurant et, hors de lui, il se mit à frapper la pauvre bête avec le manche de son fouet.

Le soldat s'était levé d'un bond. Son visage avait pris une teinte rouge sombre et il tremblait de colère. Sa cigarette tomba par terre. Il voulut dire ou crier quelque chose, mais de sa bouche ne sortit qu'un sourd gargouillement.

Il se tourna vers moi. Il voulait parler, expliquer, accuser, mais pour la première fois, ses éloquentes mains lui refusaient tout service, et il resta là devant moi, désarmé, muet et désespéré.

Instant terrible et ineffaçable! Jamais je n'oublierai comment la colère, la détresse et l'indignation firent que d'un seul coup, le muet resta sans voix.

« Pour avoir bien servi [1] »

J'AI ENTENDU cette étrange histoire, il y a quelque temps, dans le salon d'un paquebot français qui m'emmenait de Marseille à Alexandrie. Au cours de cette traversée, nous allions peu sur le pont, il faisait constamment mauvais, aussi devions-nous passer le temps d'une manière ou d'une autre. De toutes les opinions et discussions que j'entendis alors, cette histoire m'est particulièrement restée en mémoire, l'histoire d'un certain M. J. Schwemmer, ingénieur de Kiev qui, au bout d'un long et vif débat, prit la parole pour réfuter l'opinion selon laquelle le médecin moderne aurait le droit, voire presque le devoir, d'abréger les souffrances d'un malade incurable et grabataire.

Je ne sais pourquoi ce récit justement, qui s'avéra bientôt n'avoir qu'un lointain rapport avec le sujet de la discussion, me frappa à ce point. Peut-être était-ce parce que là, au milieu de cette conversation insipide et sans esprit, deux visages humains, pâles et souffrants, venaient soudain de surgir inopinément devant nous, dans leur terrible vérité, les lèvres tremblantes, déformées par la douleur. Encore aujourd'hui, il m'arrive de voir cette jeune femme devant moi, je la vois s'adosser, lasse, dans son fauteuil roulant et, presque avec tendresse, laisser

1. En français dans le texte. *(N.d.T.)*

planer son regard anxieux et ardent sur le vase vert qui se trouve au-dessus de la cheminée. Et parfois aussi, j'entends en rêve le cri de son époux; effroyable, il me perce les oreilles et me glace le sang, bien qu'en réalité je n'aie jamais entendu ce cri de la bouche même du mari, mais seulement une voix de vieillard, faible et cassée, celle de ce M. Schwemmer de Kiev.

Voici donc l'histoire de ce vieux monsieur, je la raconte comme il nous l'a racontée à bord du *Héron,* peut-être un peu raccourcie, mais je n'ai certainement rien oublié d'essentiel.

« Il y a des années, je vivais à Paris. J'habitais un petit immeuble d'un étage dans une ruelle de banlieue très à l'écart avec un ancien camarade d'études que j'avais perdu de vue depuis des années et que j'avais eu la joie de retrouver à Paris. Il avait obtenu un titre de docteur dans une université allemande, publié deux ouvrages de critique d'art et obtenu, peu avant son mariage, une place de directeur dans la bibliothèque d'un comte. C'était un homme encore jeune, tout au plus une trentaine d'années, et seul le malheur de sa femme avait pu précocement le rendre si las et le faire vieillir à ce point.

Sa femme était malade. Elle était paralysée, elle avait été touchée par l'une de ces cruelles affections nerveuses qui, je crois, choisissent leurs victimes de préférence parmi les gens intellectuellement surmenés – dans sa jeunesse, elle avait fait des études de médecine à Zurich. Pendant la journée, elle restait allongée dans son fauteuil roulant, la plupart du temps sans dire un mot, et sans beaucoup se plaindre, mais les nuits! Ah! ces nuits! Un soir, ses cris furent si terribles que les deux enfants du concierge, pris d'une peur panique, s'enfuirent dans la rue et n'osèrent plus rentrer chez eux jusque tard dans la nuit. Ces nuits-là, le médecin et son mari la réconfortaient de leur mieux, lui juraient que ses douleurs allaient bientôt diminuer, et que dans peu de temps, elle allait recouvrer toute sa santé – mais elle, l'ancienne étudiante en médecine, savait mieux que nous tous qu'il n'y avait pas de remède à son mal, que la résistance de son jeune corps contre la maladie ne servait à rien, que son heure ne manquerait pas de venir, mais, et c'était cela le plus terrible, pas dans un avenir proche.

Et son mari l'aimait. Il détestait son emploi, qui pourtant ne lui prenait que quelques heures par jour, il était devenu pour lui un fardeau encombrant. Son métier, qui la plupart du temps quand il était jeune étudiant l'avait totalement comblé et enthousiasmé, on pourrait presque dire enivré – sa passion pour les gravures anciennes et les manuscrits rares nous paraissait à tous presque maladive –, son métier lui était devenu indifférent. Dans son cabinet de travail, dans la rue, dans la diligence, partout une seule pensée dominait son esprit : Vite à la maison! Dans le fond, il était toute la journée en train de se rendre chez sa femme. Il m'avait souvent dit la raison de son agitation continuelle. Sa femme possédait un pistolet! Cela remontait au temps où elle était jeune fille, et elle l'avait caché dans l'appartement, il le savait pertinemment. Mais il avait eu beau fouiller maintes fois l'appartement de fond en comble à l'insu de sa femme, il n'avait jamais pu découvrir la cachette. Certes, elle était paralysée et l'arme était inaccessible pour elle. « Mais un jour, rendez-vous compte, un jour, elle a essayé de soudoyer la bonne! »

A chaque fois qu'il me racontait cela, je blêmissais d'angoisse à l'idée que la malade aurait pu entrer en possession de l'arme pendant l'absence de son mari. En entendant ce récit, je sentais naître en moi le sentiment, d'abord vague et hésitant, mais de plus en plus fort par la suite, que ce serait peut-être le mieux pour tous les deux, et que j'avais été choisi par le destin pour venir en aide à ces deux pauvres créatures. Aujourd'hui, je sais bien que j'ai commis un crime en ne refoulant pas résolument ce sentiment en moi. Car comment un jeune homme insensé peut-il s'aviser d'intervenir gauchement dans le destin de deux êtres dont il n'a vécu aucun des jours passés, dont il n'a deviné aucune des pensées secrètes, aucun des obscurs désirs?

Mais à l'époque, j'étais encore jeune et sans expérience, la tête pleine de formules à l'emporte-pièce mal comprises, d'idées immatures, et mon pauvre ami me faisait tellement pitié, il avait à peine trente ans et ses cheveux étaient déjà gris.

Telles étaient les deux personnes dont je dois vous parler. Russes tous les deux, mais je l'ai déjà dit, n'est-ce pas? Ils fréquentaient peu la société parisienne, mais je n'ai jamais rencontré non plus un de nos compatriotes chez eux. Il me semblait parfois qu'on les évitait. Un jour, quelqu'un me raconta que le mari avait trahi un étudiant russe poursuivi par la police, et qu'il était un agent du gouvernement russe. Mais j'attachais peu d'importance à ce genre de rumeurs, car on raconte des histoires semblables au sujet d'un grand nombre de mes compatriotes qui, pour une raison ou une autre, vivent à l'étranger; il faut dire que ces récits rocambolesques se ressemblent tous plus ou moins.

Et maintenant, je vais vous parler de ce jour qui a fait de moi un criminel. Car c'est bel et bien un crime que j'ai commis. Et du vase vert avec son dragon chinois couvert d'écailles rouges, objet jour et nuit de tous les regards attendris et ardents de la jeune femme malade. Et si je vous relate les événements de cette journée, au cours de laquelle je n'ai pas eu le beau rôle, je le fais sans honte et sans remords, car tout cela remonte à la nuit des temps, et je sais maintenant que ce n'était pas moi le coupable, mais cette funeste chimère, cette idée insensée d'avoir été choisi par le destin pour, d'un geste résolu de médecin, mettre un terme aux souffrances de la malade et à la détresse du mari. Ce jour-là justement, ce sentiment en moi était devenu plus fort que jamais, car la jeune femme venait de passer une terrible nuit et aucun de nous trois n'avait pu fermer l'œil. Ce n'est que vers le matin que cela avait commencé à aller un peu mieux. Mort de fatigue, son mari avait quitté la maison pour se rendre à son travail, elle était allongée dans son fauteuil roulant, j'étais assis en face d'elle, mais aujourd'hui je ne sais plus, à vrai dire, comment nous en sommes venus à parler de sa jeunesse et des années qu'elle avait passées à Zurich. “ Aimeriez-vous voir une ancienne photo de moi? ” me demanda-t-elle, et lorsque je l'en priai, elle réfléchit un instant puis, d'une voix en apparence parfaitement calme et impassible, elle dit : “ Apportez-moi le vase vert qui se trouve sur la cheminée. ” Elle prononça ces mots avec le plus grand calme, mais mon sang ne fit qu'un tour, mes genoux se mirent à trembler, et je sus soudain que c'était là qu'elle avait caché son arme. Je me levai avec peine, allai chercher le vase et me mis à vider son contenu sur la table, je fis tout cela comme dans un rêve; il y avait tout d'abord une lettre et un ruban rose et un vert clair, puis un éventail, et un bouquet fané et enfin les photographies. Deux photos d'elle-même, puis le portrait d'un jeune homme aux traits harmonieux et intelligents. “ C'est mon ami Sacha ”, dit-elle, et là je sus qu'il était mort, sans qu'elle eût besoin de le dire. Il y avait aussi une photo de son mari, une que je connaissais, elle le représentait en compagnie de ses camarades d'études, je me trouvais moi aussi sur la photographie et j'avais l'air un peu comique avec ma longue pipe en bois d'étudiant à la bouche. Et tout au fond, il y avait la boîte contenant le pistolet.

Ma main trembla au moment de sortir la boîte du vase, car je savais que l'heure de l'action était venue, et il n'y avait pas l'ombre d'un doute en moi sur ce que je devais faire. Je voulais, je devais mettre l'arme dans la main de la malade, même si la sottise des gens devait appeler cet acte un " meurtre ", et me demander des comptes. Si personne n'a le courage de le faire, moi, je l'ai, et je rends à ces gens le meilleur des services. Et je me souvins de quelques mots que j'avais lus un jour au dos d'une vieille médaille française : " *Pour avoir bien servi.* " J'étais tout ému à l'idée du service que j'allais rendre à mes pauvres amis, et voici que j'entendis la voix de la femme. Tout à fait froidement et calmement elle me dit : " Donnez-moi donc la boîte, s'il vous plaît! ". Je pris mon courage à deux mains et ne pus dire que ces mots : " Je vais l'ouvrir moi-même, chère Madame! "

Tenant le pistolet dans mes mains, un sentiment de lâcheté s'empara de moi, tous mes plans et résolutions s'effondrèrent, et je fus saisi d'horreur face à ce que la malade attendait de moi. Je me rendis compte de la responsabilité que je prenais, si je m'étais écouté j'aurais lancé cette arme loin de moi au lieu de la lui tendre, et la femme a certainement dû lire cela dans mes yeux. Elle s'est mise à parler à voix basse en souriant tristement. " Voyez-vous, dit la malade, penser à cette arme a été ma seule consolation dans ces terribles nuits, mon seul soutien. Toute ma vie au cours de ces trois dernières années n'a été rien d'autre qu'un éternel va-et-vient où je me rapprochais et m'éloignais tour à tour de ce vase vert. Parfois, mon fauteuil se trouvait si près que j'aurais presque pu toucher le vase de la main. Un jour, mon mari a failli découvrir ma cachette. Il était tout proche du secret. Je crois qu'à l'époque, de peur, mon cœur s'est arrêté. » Puis, très simplement, sans émotion, sans la moindre nuance pathétique dans la voix, elle dit brusquement : « S'il vous plaît, donnez-moi le pistolet. »

Je ne l'aurais pas fait. Je ne lui aurais pas donné l'arme, je l'aurais jetée loin de moi dans un coin de la pièce. Mais juste à cet instant, je vis son mari traverser le jardin. Le voyant s'avancer sur le chemin semé de gravier à pas traînants, si lentement et d'un air si las, le dos voûté, un homme brisé, et le voyant me faire signe de la tête avec un visage si vieux, si grave, je recouvrai ma véhémence, je me sentis à nouveau dans mon rôle de chirurgien qui, l'œil froid et la main sûre, pratique l'incision qui sauve. Je n'avais plus le moindre doute sur ce que je devais faire et, tout en répondant par la fenêtre au salut du mari, je tendis le pistolet à sa femme par-dessus la table.

Ce qui s'est passé ensuite est vite raconté. Une terrible angoisse s'empara soudain de moi face à ce qui allait devoir se passer dans les minutes suivantes. Une voix cria en moi : « Surtout ne pas regarder! Surtout ne pas être obligé de la voir soulever l'arme, la porter à son front et appuyer sur la gâchette. Surtout ne pas voir cela! » Je lui tournai le dos, mon regard dirigé vers la porte. Je l'entendis alors monter les escaliers. Voici qu'il ouvre la porte. Il salue, me tend la main, vient vers moi. Deux pas, puis il s'arrête net, devient blanc comme le mur et s'écrie : « Jonas, Jonas, qu'avez-vous fait! » Et : « Pour l'amour du ciel, retirez-lui cette arme, vite Jonas, vite! »

J'aurais encore pu le faire. En un pas, j'aurais pu être près d'elle, lui arracher le pistolet des mains. Mais je restai à l'écart, le dos tourné, les dents serrées. Tenir bon! Surtout tenir bon maintenant! C'est l'incision qui sauve. Je suis son médecin. Il m'en sera reconnaissant un jour. *Pour avoir bien servi!*

Il fit quelque chose d'étrange. Au lieu de se précipiter

vers elle pour lui prendre l'arme, il était tombé à genoux. L'espace de quelques secondes, il y eut un grand silence dans la pièce, je l'entendis claquer des dents. Puis il cria soudain terriblement fort : " Ne fais pas ça, Maria! Ne fais pas ça! Je te jure que ce n'est pas moi qui ai écrit la lettre, c'est Sacha lui-même. " Il poussa alors un cri qui me glaça le sang et, se tournant vers moi, il s'écria soudain : " Ah! Jonas, que *vous* ai-je fait ", en m'adressant un regard que je ne compris pas. Puis il cacha son visage dans ses mains. Et c'est alors que le coup de feu claqua.

Lorsque la fumée de la poudre s'est dissipée, j'ai certainement dû crier comme un forcené. Car la femme était encore assise parfaitement indemne dans son fauteuil roulant, le pistolet fumant à la main. Mais son mari gisait à terre, immobile, éclaboussé de sang, le crâne fracassé.

Je restai là – sans savoir ce que je devais faire. Je m'efforçais de comprendre ce qui avait bien pu se passer, mais toute la pièce s'est mise à tournoyer. Je me penchai sur le mort, son visage était déformé par la peur, je voulais reprendre mes esprits, savoir où je me trouvais au juste, ce que tout cela signifiait, mais je ne pouvais penser à rien d'autre qu'à ces mots absurdes et dérisoires : " *Pour avoir bien servi* ", c'est alors que j'entendis la voix de la femme malade – d'un ton froid et cinglant, tout imprégné de haine, elle dit :

" C'est lui qui a livré le pauvre Sacha à la police, le misérable. Je vous remercie de m'avoir aidée, cela fait trois ans que j'attends cet instant-là! " »

Table

CET OUVRAGE A ÉTÉ COMPOSÉ
ET ACHEVÉ D'IMPRIMER SUR ROTO-PAGE
PAR L'IMPRIMERIE FLOCH À MAYENNE
POUR LES ÉDITIONS ALBIN MICHEL
EN DÉCEMBRE 1988

N° d'édition : 10129. N° d'impression : 26188.
Dépôt légal : janvier 1989.

Imprimé en France